BOM RETIRO

Equipe de realização — Revisão tipográfica: Plínio Martins Filho e Roney Cytrynowicz; Capa: Criação de Nahum H. Levin; arte final de Amauri Tozetto. Produção: Plínio Martins Filho

Eliezer Levin

BOM RETIRO

2ª EDIÇÃO

EDITORA PERSPECTIVA

COPYRIGHT © Eliezer Levin

1ª edição, 1972.

Direitos reservados à
EDITORA PERSPECTIVA S.A.
Av. Brigadeiro Luís Antônio 3025
01401 — São Paulo — SP — Brasil
Telefones: 885-8388 / 885-6878
1987

O meu povo habitará em moradas de paz, em moradas seguras, e em lugares quietos e tranqüilos.

(*Isaías,* 32:18)

1

Quando mudamos para o Bom Retiro, por volta de 1938, eu tinha oito anos e não supunha que existisse qualquer motivo especial para morarmos nesse bairro. Inspecionando pela primeira vez o pátio da casa, fiquei extremamente feliz de ver, nos fundos, o enorme vulto de uma pereira de galhos grossos, cobertos de espessa folhagem, plantada no meio de um canteirinho de grama. Não sei, em verdade, quando é que fui compreender que a mudança ocorrera apenas para que pudéssemos ficar perto da escola e da sinagoga, e sobretudo por ser o bairro dos judeus.

De início, quase o dia inteiro, eu ajudava mamãe nas arrumações dos móveis, da roupa de casa, das panelas, dos pratos. A varrer o chão. Enfim, a pôr tudo em ordem. Papai saía bem cedo para o trabalho. Quando mamãe tinha de fazer compras, deixava-me a cuidar do meu irmão, um malandrinho que bulia em tudo e se arrastava por toda a casa; enfiava-lhe a chupeta na boca, tão logo ele abria o berreiro.

Pela janela, seguia com os olhos as pessoas da rua, a garotada que andava pulando, rindo, correndo de cá para lá.

Sentia vontade de fazer o mesmo. No entanto, quando saí pela primeira vez, nada mais fiz do que sentar-me na soleira da porta, muito quieto, dominado por uma forte timidez. Os garotos conversavam animadamente, combinavam coisas, brincavam. Quase todos usavam bonezinhos, enterrados na cabeça, e um deles, apertando nas mãos uma bola de meia, anunciava o início de uma partida, convocando os demais pelos nomes. Eu assistia a tudo isso com interesse, ao mesmo tempo com uma vaga esperança de ser também convocado. Com o passar do tempo, como ninguém desse por mim, concluí que era em vão.

Lá pelas tantas, um garoto, que não usava boné nem fazia parte do grupo, aproximou-se de mim e me fez um gesto. Ele possuía uma bola igualzinha à dos outros. Não me fiz de rogado. Daí a pouco, estávamos os dois correndo e chutando. Oscar, era esse o seu nome, ensinou-me as primeiras regras do futebol, passando a ser minha primeira amizade no bairro. Isso me encheu de orgulho e satisfação. Era um garotinho pouco maior do que eu, de cabelos pretos e ondulados, com uma mecha caindo sempre na testa, e uma expressão de franqueza no rosto. Eu ficava espantado com sua habilidade de manobrar a bola. Creio que tinha prazer de exibir perante mim toda sorte de passes e truques.

Um dia, Oscar perguntou-me, à queima-roupa:

— O que é você? Palestra ou Corinthians?

Eu não sabia do que se tratava. Futebol? Que sabia eu disso? Como os nomes que acabara de ouvir nada significassem para mim, respondi que não tinha nenhuma preferência.

— Siga meu conselho, você deve ser Palestra.

Não duvidei. Tornei-me Palestra, porque Oscar me dissera que devia ser. E aí começou um problema com o qual nem sequer sonhava.

Como minha única amizade fosse o Oscar, tão logo ele se mudou, o que aconteceu poucos dias depois, fiquei de novo a sós, reduzido àquela solidão que só um garoto sem amigos pode sentir. Retornando à soleira, entretinha-me a apreciar com tristeza o movimento da rua. Uma vez enchi-me de coragem, adiantei alguns passos em direção ao grupo que, como de costume, estava ali reunido em torno do meio-fio a debater seus planos. Foi quando um deles, um ruivinho de rosto coberto de sardas, voltou-se para mim, examinou-me detidamente dos pés à cabeça, deu uma risadinha e disse, dirigindo-se a um dos companheiros:

— Olhe só a cara dele, Salomão. Que tipo gozado. Nunca vi umas calças tão compridas!

A referência às minhas calças fez-me o sangue subir à cabeça.

— Nem eu nunca vi um boné como o seu — reagi, meio empertigado.

— Epa! esse tipo é galo de briga. Vou já abaixar a crista dele. — O ruivinho pôs-se de pé rapidamente, pronto a entrar em ação. Pelo que pude verificar, havia uma boa diferença de pesos entre nós, mas me plantei firme, disposto a tudo. Felizmente, o tal que se chamava Salomão, e que parecia ser o chefe da tropa, resolveu intervir:

— Iudel, vamos parar com isso, não vê que ele é um amigo?

Essas palavras fizeram o ruivinho mudar de atitude; sua carranca abriu-se num largo sorriso, mostrando a falta dos dentes da frente.

— Vamos, sente-se aí — convidou Salomão. Tinha uma voz agradável e amistosa, ouvida por todos com respeito, como que lhe reconhecendo a liderança.

Selara-se o meu ingresso na turma. A partir desse momento, eu era um deles. E assim as conversações retomaram seu curso normal.

Muito do que se dizia escapava-me ao entendimento; eu era um garotinho ignorante, recém-vindo do interior. Preferia, por isso mesmo, ficar calado, apenas ouvindo. Uma vez rompi o silêncio. Antes tivesse continuado de boca bem fechada. Foi quando se falou de um jogo de futebol, travado há poucos dias, e alguém mencionou, em meio à discussão, o nome do Palestra. Aproveitando a deixa, pois tal nome era o único que conhecia, exclamei triunfante, não escondendo o orgulho:

— Eu sou Palestra.

De imediato, cessaram as conversas. Todos tinham os olhos fixos em mim. Afinal, foi Salomão quem quebrou o silêncio:

— Palestra?!

— Sim — respondi. — O que tem?

— Ele ainda pergunta o que tem?

Comecei a desconfiar de que havia dito alguma bobagem.

— Ora, por que não posso ser Palestra?

— Porque você é um judeuzinho — e como meu rosto não desse ares de ter entendido, ele completou:

— E, por cima, ainda é burro.

Ao voltar para casa, sentia-me atordoado; não entendia uma porção de palavras que acabara de ouvir, como, por exemplo, "anti-semita", "judeuzinho", ficando a cismar o que tinham que ver comigo, e, sobretudo, o que futebol tinha que ver com tudo isso. Pesava-me um problema, novo e estranho, agora que eu estava enquadrado numa condição de que até bem pouco tempo não me dera conta: a de ser um "judeuzinho". E, dentro dessa condição, as coisas que me estavam proibidas! Que mal havia num "judeuzinho" como eu ser Palestra?

De fato, não me passava pela cabeça, nem tinha idéia, que acabara de travar contacto com uma velha questão.

Quinta-feira, 3 de março de 1938
Concluindo sua oração, o Marechal disse: "Quando o *füehrer* exprimiu com firmeza que não toleraremos mais que dez milhões de compatriotas sejam oprimidos além das fronteiras, então, soldados do ar, já sabeis que, se for preciso, devereis combater até o último alento por esta palavra..."

Atração sem par e emoções sem igual
A beleza fascinante de Loretta Young, a personalidade mágica de Don Ameche... E amor, aventura, *thrills*, no espetáculo dantesco da guerra espanhola.

ROMANCE ENTRE BALAS
Inicia-se no Odeon, Ufa-Palácio e Broadway, a Grande Temporada de 1938.
O crime no restaurante chinês
Continua envolto no mais profundo mistério o quádruplo assassínio verificado no resturante chinês da Rua Wenceslau Brás, onde foram mortos por pancadas na cabeça os...

Graz, 4(H) — Milhares de nazistas realizaram manifestações pelas ruas desta cidade no momento em que as tropas da guarnição regressaram do campo de manobras. À passagem dos soldados, nazistas bradavam: *Heil* Hitler. A polícia limitou-se a vigiar os manifestantes.

A LUTA DE HOJE ENTRE TOMMY FARR E MAX BAER

Nova York, 10 (Reuter) — Segundo se noticia nesta cidade, o pugilista britânico Tommy Farr está sendo cotado na proporção de 2 para 1, na luta contra o norte-americano Max Baer, em um encontro de 15 assaltos que se verificará na próxima sexta-feira.

Inaugurando o "Cine Metro", na próxima terça-feira, Robert Taylor e Eleanor Powell, escolhidos para padrinhos, abrirão as portas do majestoso cinema com uma superprodução musicada, *Broadway Melody, 1938*.

Respondendo ao leitor: O verdadeiro nome de Paul Muni é Paul Weisenfreud. Judeu, certamente. O de Al Jolson é Asa Yoelson. Judeu russo.

Sábado, 12 de março de 1938

Invadindo a Áustria e impondo-lhe um governo nacional-socialista, o chanceler Hitler agravou sobremaneira a situação européia.

Viena, 14 (H) — Começou desde já a depuração dos elementos judeus nas repartições públicas. Grande número de funcionários judeus foram substituídos esta manhã por membros do partido nazista.

BOM RETIRO 13

DEMISSÃO DE JUÍZES E PROCURADORES DE ORIGEM JUDAICA
Viena, 14 (H) — Um decreto do Ministro da Justiça demite todos os juízes e procuradores que tenham origem judaica.

Pulverize Flit — o inimigo mortal dos insetos. FLIT MATA DE FATO.

Terça-feira, 29 de março de 1938

Paris, 29 (UP) — O domingo foi para as tropas que combatem sob o comando do General Franco o dia mais importante da guerra espanhola. A ofensiva do General Franco, no Aragão, entra em nova fase. As tropas nacionalistas que já penetraram na Catalunha, pela província de Lerida e o norte da província de Castallon, perto de Sierra de San Marcos, estão agora em face do Mediterrâneo.

Seu condutor, dim-dim
Seu condutor, dim-dim
Pára o bonde pra descer o meu amor.

2

Começando a freqüentar a escola, só me restava um pequeno período para as vadiagens. De manhã, eram as aulas do curso primário; após o almoço até ao finzinho da tarde, as de *humesch*, sobrando-me apenas um tempo quase insignificante que correspondia ao do meu regresso para casa, depois de todas as aulas. Aproveitava-o, porém, muito bem, jogando bolinha de gude, batendo "bafinha" ou disputando um rápido bate-bola.

Difícil era, ao chegar em casa, justificar o estado das minhas roupas e dos meus sapatos. Levei muita surra de mamãe por causa disso e, sempre que apanhava, prometia a mim mesmo tomar mais cuidado. Quando os estragos eram maiores, cabia a meu pai aplicar-me a devida correção; nesse caso, a coisa assumia um caráter mais sério.

Por muito tempo, continuei a apanhar, a me arrepender e a repetir as mesmas coisas.

Sentia um grande alívio quando as aulas se encerravam na sexta-feira. Tinha pela frente um sábado e um domingo, totalmente meus, livre para fazer o que quisesse. Livre, totalmente, é modo de dizer. Nas manhãs de sábado, acompanhava meu pai ao templo; só após o almoço é que podia me despojar das roupas sabáticas, dos sapatos apertados, e me jogar no grande mundo.

Ah, as tardes dos sábados!

Havia, não muito longe de nossa rua, um terreno baldio no qual jogávamos futebol. Eram jogos disputados com muito entusiasmo. Mas estava escrito que a nossa alegria iria durar pouco.

O terreno, a que chamávamos de "campinho", mereceu também a preferência de outro bando.

Estávamos a jogar, quando surgiram.

— Vão dando o fora, judeuzinhos — gritou um deles.
— O campo é nosso.

Maioria que eram e mais fortes, só nos restava fazer uma coisa: dar o fora. Por cima, ainda recebemos alguns safanões; um ou outro boné dos nossos foi atirado no chão.

Essa parte me doeu; feriu-me o orgulho. Não podia atinar as razões por que nos tratavam assim; a palavra "judeuzinho" me retinia nos ouvidos, enchendo-me de revolta.

— Olhe, Salomão, por que não reagimos?

— Eles são muitos.

— Não importa.

Salomão riu-se de minha ingenuidade.

— Acho que vale a pena — exclamei, enfurecido.

— Deixe de ser besta, podemos ser massacrados.

Só mais tarde, vim a conhecer o verdadeiro significado das palavras de meu amigo e o que realmente queria dizer massacre. Em matéria de território, não tínhamos nenhum direito, havia um bom par de anos.

Quinta-feira, 12 de maio de 1938

Subjugado audacioso golpe integralista no Rio. Os sediciosos tomaram, de início, o Ministério da Marinha e atacaram violentamente o Palácio Guanabara. O Tribunal de Segurança foi convocado extraordinariamente, devendo, ainda hoje, lavrar a sentença contra os principais responsáveis pela intentona.

Rio, 11 (Da nossa sucursal — pelo telefone) — Os integralistas possuíam armas moderníssimas, carregavam granadas incendiárias e bombas de dinamite.

Rio, 11 (Da nossa sucursal — pelo telefone) — Por ocasião do assalto ao Palácio Guanabara, as pessoas que ali se achavam foram surpreendidas por uma saraivada de balas, tendo reagido com uma metralhadora, que fizeram funcionar contra os assaltantes. Conta o Sr. Rafael Teixeira que, em meio à confusão, divisou no saguão o vulto do Presidente e uma pessoa de sua família, sendo que o Ministro da Guerra dirigia pessoalmente a luta.

Meu periquitinho verde
Tire a sorte por favor

Slogan de Hollywood em sua gigantesca campanha: "Cinema é o SEU MELHOR divertimento".

Lançamentos primorosos: *BRANCA DE NEVE E OS SETE ANÕES*; *DESTE MUNDO NADA SE LEVA*; *JEZEBEL*.

Tyrone Power, Alice Faye, Mickey Rooney e Spencer Tracy entram no rol dos "dez mais".

Metro Goldwyn Mayer apresenta:
— *DE BRAÇOS ABERTOS*, com Spencer Tracy e Mickey Rooney.
— *MARIA ANTONIETA*, com Norma Shearer e Tyrone Power.
— *A GRANDE VALSA*, com Fernand Gravet e Louise Rainer.

3

Nos sábados de manhã, eu sempre acompanhava meu pai à sinagoga. Ela ficava junto da escola, num prédio isolado, que ainda não conhecia.

Sentava-me ao lado dele e, como ainda não soubesse ler o livro hebraico de orações, tinha licença apenas de ficar ouvindo e olhando. Meus olhos pulavam curiosos por entre as diversas figuras envoltas em xales, como que tentando decifrar os seus gestos, os seus murmúrios, a expressão de seus rostos.

Em cima do estrado, à frente de uma pequena estante, o *hazan*, Avrum, dirigia as rezas. Era um dos nossos vizinhos. Papai dizia que *clintelchic* como o Avrum não havia igual em todo o mundo; o homem acordava de madrugada, rezava as orações matinais, depois, tocava para os bairros distantes, da periferia, a vender bugigangas. Mas, estivesse onde estivesse, ao fim da tarde sempre voltava ao *Schil*, a tempo de pegar o *mairev*.

Na opinião de papai, Avrum era um *mentsch;* não tanto um *talmud-chachom,* mas um bom judeu. Nos sábados, subia ao púlpito para entoar o *chaharis*; seu vozeirão ecoava na pequena sinagoga como um trovão. Os velhos balançavam a cabeça, em sinal de agrado; o canto dele, um canto cheio de angústia, despertava neles evocações do *alter-heim*. Essa angústia ainda hoje me soa nos ouvidos.

No ambiente da sinagoga, Avrum, o nosso *hazan*, não era o mesmo homem que batia às portas para vender toalhas, cobertores, guarda-chuvas. Nem aquele que, durante a semana, vinha em roupas surradas, sapatos empoeirados, carregando enormes pacotes. Nas suas funções de cantor da sinagoga, tinha uma especial imponência, a imponência do homem que fala com o seu Criador.

De tudo à minha volta, o que mais me chamava a atenção era o grande armário. Nas cortinas vermelhas de veludo, dois terríveis leões, de pé, sustentavam as pedras do Decálogo de Moisés. Que fossem de Moisés, é claro, só vim a saber mais tarde. O que eu me perguntava era o que havia naquele armário, para o qual todos se dirigiam beijando respeitosamente a cortina. Não me contive e pedi a meu pai uma explicação.

— É o *Aron-Acodesch* — a resposta dele foi concisa, pouco explicativa.

— Este é o armário sagrado — acrescentou depois, e com isso pensou ter resolvido o meu problema.

Que poderia ser esse "armário sagrado"? Provavelmente, a morada de Deus. Certamente, o lugar de onde Ele espreitava o mundo.

Toda a minha atenção fixou-se nele à espera de que fosse aberto.

Fiquei idealizando uma porção de imagens de Deus. A primeira que me ocorreu foi de que devia ser parecido com o rabino de barbas pretas que estava ali adiante, encurvado sobre um livro de preces. Depois, ocorreu-me que o poder e a força do Eterno não combinavam em nada com a frágil figura do rabino. Surgiu-me outra, a do gigante, de uma gravura que eu vira estampada numa revista. Sim, essa associação me parecia mais justa à imagem do Criador.

A essa altura, nada mais me interessava, a não ser o armário. Não conseguia desprender os olhos daquelas cortinas. Os terríveis leões fascinavam-me.

De repente, todos se ergueram. Papai deu-me uma cutucada e acrescentou à meia voz:

— Vão abrir o *Aron-Acodesch*.

Se os leões rugissem nesse momento, eu não ficaria espantado. Vi como o Avrum correu as cortinas, abriu o armário, e dele retirou dois rolos envolvidos numa capa de cetim.

Pelo vitral da sinagoga, a luz que se filtrava do dia iluminou a coroa de ouro da *Torá*. Só então o povo rompeu o silêncio.

"Schmá Israel Adoschem Elokeinu Adoschem Hehad"

Quinta-feira, 1º de setembro de 1938

Como se sabe, acha-se em construção, no bairro do Pacaembu, uma das belas realizações do Departamento de Cultura e que é o estádio municipal da cidade de S.Paulo, obra iniciada pelo Prefeito Fábio Prado e cuja conclusão não pode demorar muito.

Hoje, às 15 horas, Pedro Vargas, o notável cantor mexicano, estará na Casa Beethoven, à disposição da sociedade paulista, para atender aos pedidos de autógrafos nas suas criações musicais.

O hidroavião francês "Lieutenant de Vaisseau Paris" desceu em Port Washington, às 19 horas e 20. A média de velocidade do cruzeiro foi de 180 quilômetros horários.

Foi recebida com verdadeiro sentimento de alívio, em todo o mundo, a melhora verificada na situação política européia.

Entre outros fatores, contribuíram para o desafogo a atitude de firmeza da Inglaterra e da França, e a decisão da Itália de não se empenhar em guerra para defender a causa dos Sudetos.

Ontem, pouco antes das 11 horas, na Rua Barra do Tibagi, Laurindo da Silva, de 57 anos de idade, casado, caiu do bonde n? 1013, linha Casa Verde.

Os operários da Empresa Brasileira de Arroz ofereceram na Inspetoria do Trabalho uma denúncia contra a mesma, declarando que a referida empresa os vem obrigando a trabalhar 120 horas por semana e pedindo, também, indenização pelas férias de que não gozaram e às quais tinham direito.

Viena, 1 (Reuter) — Setecentos e cinqüenta judeus deixaram hoje Viena por via férrea. Acredita-se que eles vão tentar alcançar a Palestina. Anunciou-se, também, que os judeus estão proibidos de freqüentar as escolas oficiais da Áustria.

Berlim, 2 (H) — Novo decreto do Ministro do Interior retira a nacionalidade germânica a 57 pessoas, a maioria das quais, israelitas. Ontem, decreto idêntico atingiu cinqüenta pessoas. Calcula-se que dois mil alemães foram assim desnaturalizados.

Roma, 2 (Reuter) — Um decreto do Ministro da Educação proíbe aos professores judeus o exercício do magistério público na Itália.

... NÃO HAVERÁ GUERRA. HAVERÁ PAZ. Por um ano, pelo menos, está assegurada a paz na Europa (*Sunday Referee* — Londres).

4

À noite, era comum virem em casa uns casais de professores, colegas de meu pai. Os assuntos, via de regra, giravam em torno das notícias dos jornais sobre a perseguição aos judeus. Pairava em toda Europa a ameaça da guerra. E quem não tinha parentes por lá?

Por vezes, mamãe refugiava-se na cozinha, onde a surpreendia enxugando os olhos.

Comecei a interessar-me pelo assunto; desejava saber quem eram esses perseguidores.

Meu ouvido atento captou um nome repetido várias vezes: Hitler. Devia ser esse o tal. O que eu estranhava era que o pronunciassem sempre acompanhado de "cachorro". Isso me fez supor que se tratava realmente de um cachorro.

Não podia compreender como, de que jeito, um cachorro podia fazer tanto mal.

— Que raio de cachorro será esse? — perguntava-me deitado na cama, sem poder dormir.

Um dia, um dos meus amiguinhos, o Moischele, o filho do sapateiro, me esclareceu. Estávamos voltando da escola, com os livros debaixo do braço, num passinho vagaroso, sem pressa de chegar. Conversa vai, conversa vem, o tal de Hitler entrou na conversa. Moischele sabia tanto quanto eu acerca daquele personagem. O que sabia era exatamente que o tal de Hitler era um cachorro.

— Mas você já viu um cachorro fazer tanto barulho? — perguntei.

Tínhamos a sensação de que alguma coisa não estava certa, era um problema sem solução. Foi aí que Moischele teve um estalo.

Acendeu-se a luz em seu espírito e o que ele disse trouxe luz também ao meu.

— Está aí, só pode ser um cachorro raivoso, com asas, voando de um continente a outro.

Bem, não deixava de ser uma explicação.

Quarta-feira, 29 de março de 1939

Madrid, 28 (UP) — Os nacionalistas entram vitoriosos em Madrid. Vivamente aclamadas as tropas do General Franco. O exército Republicano do Centro rendeu-se incondicionalmente. Considera-se virtualmente terminada a Guerra na Espanha.

Meu consolo é você
Meu grande amor
Eu explico porquê

Madrid, 28 (UP) — A rendição desta Capital, na manhã de hoje, após dois anos e oito meses de resistência, constituiu o último capítulo da tremenda guerra que ensangüentou o solo espanhol, enlutando quase todos os seus lares e dizimando boa parte de sua população.

Sei que é covardia
Um homem chorar...

Madrid, 28 (UP) — Deixou de existir o governo republicano. Hasteada a bandeira nacionalista na sede do governo civil.

> Ó Jardineira, por que estás tão triste?
> Mas o que foi que te aconteceu?
> Foi a Camélia que caiu do galho
> Deu dois suspiros e depois morreu...

Assistam a:
— *MARIA ANTONIETA*, com Norma Shearer e Tyrone Power, no Cine Metro.
— *JOVEM NO CORAÇÃO*, com Janet Gaynor e Douglas Fairbanks, Jr., no Cine Lux

5

Começava a tarde de domingo. Eu e Moischele saímos para as nossas habituais andanças, sem eira nem beira.

Os companheiros tinham ido à matinê do cinema, deixando a rua deserta e sossegada. Assistir aos filmes de faroeste, seriados do Flash Gordon era o que se esperava a semana toda. Nenhum de nós os trocaria por nada deste mundo. Mas os tempos não estavam bons. Por isso, meus pais me permitiam um domingo sim, outro não; no caso do Moischele, a coisa se afigurava um pouquinho mais grave: um domingo não, outro também não.

Mal eu chegara ao encontro, meu amiguinho me anunciou uma proposta. Tratava-se de irmos a um lugar que ele conhecia, atrás da velha fábrica de móveis, onde veríamos coisas espantosas. Não podia imaginar o que fosse, mas achei que, de qualquer modo, valia a pena tentar. O caminho a percorrer não era grande coisa.

Íamos andando, conversando, quando, de repente, a nossa atenção se viu despertada por um pássaro que acabava de pousar graciosamente num fio da Light.

— Você julga que voar seja coisa só dos pássaros? — comentou Moischele e, sem esperar resposta, prosseguiu: — Pois eu também pensava assim, até que minha mãe me contou um fato curioso. Lá na sua terra, na Polônia, certas camponesas conseguem elevar-se a grandes alturas. De que modo? Muito simples, elas começam, feito um pião, a girar, a girar e, quando atingem grande velocidade, o ar que enche suas saias as faz saltar. E saltam mais alto do que o teto de uma casa.

Diante de minha perplexidade, Moischele arrematou:

— O segredo está na quantidade de saias, você me entende? É um segredo que elas não contam a ninguém.

Ruminando a estória, fomos chegando ao tal lugar atrás da fábrica, um miserável campo usado para depósito de detritos.

Na verdade, não vi ali nenhuma maravilha. Apenas se ouvia o chio das cigarras. Mas Moischele apontou-me diversas preciosidades: argolas enferrujadas, pedaços de elásticos, cacos coloridos de vidro e rodelas minúsculas de couro. Tudo isso ainda não me fizera mudar de opinião. Diante do meu desapontamento, exclamou:

— As borboletas! Vamos às borboletas, depressa.

— Para quê?

— Ajude-me, depois eu digo.

Disparamos a correr atrás de borboletas. A caçada não foi fácil e nos custou um bom tempo, mas, por fim, apanhamos duas. A mim, para dizer a verdade, pareciam iguais às outras.

— Olhe, esses espécimes são raros e podem fazer a nossa glória — disse Moischele.

— Como assim?

Ele não se fez de rogado, explicou-me tudo.

— Se for do tipo que penso, podem, com o tempo, ir crescendo, crescendo, até alcançar o tamanho dum avião. Imagine — continuou entusiasmado —, depois, quando nos der na veneta, é só montar e sair sobrevoando a cidade. Já pensou?

A idéia não deixava de ser fascinante. É verdade que não acreditávamos, nem eu nem ele, que ela fosse possível. Mas, mesmo assim, guardamos os nossos exemplares numa caixinha de fósforos, com o cuidado de quem se apodera de um rico tesouro.

Ao cair da tarde, regressamos triunfantes, experimentando uma sensação especial. Como se fôssemos os donos de um tremendo segredo. Um segredo com o qual algum dia iríamos surpreender o mundo.

Naquela noite, em minha cama, sonhei com a fenomenal borboleta. Eu voava montado nela, e suas enormes asas projetavam uma vasta sombra sobre as ruas do Bom Retiro.

Sexta-feira, 1º de setembro de 1939

Emoção! Aventura!
No Cine Broadway, *A VOLTA DE CISCO KID*, com Warner Baxter.

PROCÓPIO
Maria Cachucha
Teatro Boa Vista

O FILHO DO CANTOR, apresentação do cantor israelita, Moische Oisher, no Cine Royal.

Varsóvia, 1 (UP) — Urgente — Anuncia-se oficialmente que as forças alemãs iniciaram o bombardeio da estação ferroviária de Czew. Canhões alemães estão bombardeando a cidade de Putzk.

Paris, 1 (H) — Seis cidades polonesas foram bombardeadas esta manhã pela aviação do *Reich*: Cracóvia, Putzk, Bialaporolaska, Zukw, Gsdno e Vilna.

Varsóvia, 1 (UP) — Urgente — Varsóvia está sendo bombardeada pela aviação alemã desde as 9 horas da manhã.

2ª Edição
COMEÇOU A GUERRA NA EUROPA
A proclamação do chanceler Hitler ao Exército anunciando a sua resolução de atacar a Polônia — Convocação do Parlamento inglês — Reunido o Conselho de Ministros da França — O povo britânico está mais unido do que nunca — Milhares de crianças são retiradas de Londres.

Varsóvia, 1 (UP) — Urgente — Os alemães estão iniciando a ação militar em diferentes pontos da fronteira.

Berlim, 1 (UP) — O discurso do chanceler Adolf Hitler, no *Reichstag*, na manhã de ontem: "Serei o primeiro soldado do *Reich* alemão".

6

Acho que todos sabem o que vem a ser um piquenique. Eu, aos nove anos, nunca ouvira falar nisso. Daí minha perplexidade quando mamãe, no exato momento em que esperávamos à mesa o jantar, surgiu da cozinha carregando uma terrina de sopa fumegante e dizendo:

— Já está tudo pronto para o piquenique. O feriado de amanhã veio a calhar.

Notei que meu pai torceu o nariz. Ao que parecia, o tal de piquenique estava atrapalhando seus planos. Sempre que havia feriado, papai atirava-se aos livros.

Mas, dessa vez, mamãe bateu pé, insistindo no piquenique.

— As crianças precisam de ar e de sol, entendes ou não? — gritou ela.

Fiquei a matutar como um piquenique poderia nos trazer ar e sol. Piquenique! O que poderia ser isso? Talvez, levado por certa identidade de sons, associei-o com pingue-pongue, do qual já ouvira falar, embora não o tivesse praticado.

Ao emergir das reflexões, dei-me conta de que a discussão terminara. Meu pai se deixara convencer, e o jantar prosseguia normalmente.

Naquela noite, mamãe obrigou-nos a deitar mais cedo. Enquanto arrumava as camas, cantarolava:

— Piquenique, piquenique, piquenique...

E quando eu disse:

— Piquenique?

Ela mandou-me entrar na cama, apagou a luz e confirmou:

— Sim, meu filho, piquenique.

De manhã bem cedo, tomamos o trem da Cantareira. Viajamos num vagão de segunda classe; de um lado, eu e meu pai, de pé, espremidos entre tantos outros passageiros, e, de outro lado, mamãe com meu irmão no colo, felizmente sentada no único lugar que conseguíramos. Junto dela, no mesmo banco, uma senhora gorda procurava aquietar o seu bebê que, desde a arrancada, abrira num berreiro. Do nosso lado, de pé, o marido, um homenzinho careca, suando em bicas num grosso paletó, fazia-lhe toda espécie de trejeitos, sem que isso de nada adiantasse. Ao que parecia, o único mesmo a se divertir era o felizardo de meu irmão que, de sua posição privilegiada, não perdia nenhum dos movimentos.

Enquanto isso, o trenzinho rolava pelos trilhos, num ritmo sacolejante, soltando fumaça por todos os lados. Os passageiros pendiam para frente, para trás, para cá, para lá. Eu, pessoalmente, saltitava como um cabrito. Entrei a fazê-lo, com tanto entusiasmo, que meu pai, pousando a mão no meu ombro, perguntou-me se estava passando bem.

Lá fora, grossos novelos de fumaça encobriam parcialmente a paisagem; o aspecto urbano principiava, pouco a pouco, a dar lugar ao verde do campo. Para além dos postes de concreto, uma linha sinuosa contornava colinas e montes, compondo um quadro que havia tempo meus olhos não viam.

O atropelo da chegada, a longa caminhada da estação até ao parque, sob o peso dos pacotes, nada disso esfriou o entusiasmo de mamãe, que estava tomada duma alegria contagiante. Após estender a toalha na grama, ajeitar as coisas, ela saiu com meu irmão a passear. Eu e papai nos estiramos à sombra de uma àrvore. Uma vez refeito, papai puxou calmamente do bolso um livrinho.

— O senhor já vai ler de novo? Por que lê tanto assim?

— Ora, então, não sabe que somos o povo do livro? — respondeu, com um ar alegre. — É do livro que extraímos todas as riquezas.

— Neste caso, o senhor deve ser muito rico — concluí sensatamente.

Meu pai soltou uma gargalhada, depois, aproveitando o assunto (quem é rico e quem é pobre?) contou uma de suas anedotas que, aliás, eu já ouvira repetidas vezes.

— Uma vez — começou ele —, dois judeus, um rico e outro pobre, esperavam o rabino, com quem desejavam manter uma entrevista. O rabino mandou entrar primeiro o rico; ouviu-o, pacientemente, e o despachou após longo tempo. Já com o judeu pobre, mal se iniciara a entrevista, o rabino levantou-se, dando a entender que seu tempo se tinha esgotado. — *Rebe, Rebe*, por que não me dispensaste um tempo igual ao do meu irmão? — Seu tolo, respondeu o rabino, quando me avistei contigo, vi logo que eras pobre, mas, no caso do outro, custou-me, de fato, muito tempo para compreender que ele é mais pobre do que tu.

E papai se riu bem-humorado, deixando a meu cargo a moral da estória.

Deixei-o com o livro e saí à procura de novidades. Talvez encontrasse o piquenique.

Via gente circulando, descascando laranjas, comendo bananas, mastigando pipocas, crianças chorando, homens discutindo e bebendo, mulheres amamentando os filhos, velhos tomando sol.

Então era isso o piquenique!

O sol e o ar estavam muito bons, não há o que negar. Mas tinha para mim que toda essa multidão, no fundo, bem no fundo, estava tão desapontada como eu. Era a minha explicação para o ar desenxabido daquelas fisionomias.

7

Ia indo tranqüilamente para a escola, quando deparei, ao longe, com um tumulto. Estavam atracados três garotos. Eram dois contra um. E reconheci neste um nada mais nada menos que o meu bom amigo, Moischele. Com o boné e a pasta atirados no chão, chorando, gemendo, procurava a todo custo livrar-se dos atacantes, que lhe davam socos no corpo e na cabeça. Não me foi difícil compreender que meu amigo estava sendo assaltado pelos famosos ladrões de bolinhas.

Não pensei duas vezes, agarrei umas pedras e saí a correr em seu auxílio.

Os latagões estavam de tal modo ocupados que não se deram conta de meu gesto ao apontar a primeira pedra. O berro do primeiro fez com que o segundo parasse. E ambos, ao tomarem ciência do que eu tinha na mão, deitaram a correr desordenadamente.

Quando eu e Moischele nos apressamos a abandonar o local, notei que ele vinha manquejando. Tinha os joelhos esfolados, marcas pretas debaixo dos olhos, os cabelos desgrenhados; o que lhe doía, porém, eram os rasgos da roupa e o estado lamentável do boné, mais do que tudo.

— Não sei como vou me arrumar lá em casa — gemia.

Na escola, a notícia da nossa briga espalhou-se depressa. Os colegas olhavam-nos espantados. Os mais velhos fizeram-nos ver que, quando se começa com os tais ladrões, a coisa termina mal. Que nos preparássemos para o pior.

Tantas foram as advertências que comecei a ficar preocupado. Procurei inutilmente desviar a atenção. Tudo fazia crer que me metera numa enrascada dos diabos; problemas muito sérios me aguardavam no momento em que pusesse o pé fora da escola.

Quando tocou a sineta, recolhi devagar livros e cadernos, enfiei-os na pasta, enchi-me de coragem, depois saí.

Ao receber o recado de que havia realmente um bando de moleques à minha espera, estremeci. Era o bando que viera ajustar contas comigo. Todos se afastavam rapidamente, ninguém desejava meter-se em encrencas. Eu estava só. Pior do que isso: eu me sentia só. Tive vontade de chorar.

Tão logo transpus o portão de ferro, deparei, do outro lado da calçada, com os vultos de meus inimigos. Depositei a pasta no chão, cerrei os punhos e fiquei a esperá-los. Minha mente trabalhava depressa. Havia resolvido, de qualquer maneira, não arredar pé, lutar sozinho contra os ladrões até o fim. Minha luta, além do mais, era justa; não podia tolerar a idéia de sermos assaltados, como vinha acontecendo, sem oferecer nenhuma resistência, nem tampouco submeter-me docilmente ao castigo que queriam me infligir, só pelo simples fato de ter resistido.

Eles avançaram num passo largo e rápido. Ao meio do caminho, no entanto, sustaram a marcha. Notei que o ar de confiança em seus rostos começava, de repente, a desaparecer, dando lugar a expressões de surpresa. De momento, não pude compreender o que se estava passando. O que os fizera parar? O que, enfim, lhes causara essa transformação?

Várias sombras se agigantavam a meus pés. Firme, dois passos atrás de mim, estava postado Moischele, com a sua camisa rasgada; o sardento Iudel e o troncudo Salomão, cada qual munido duma grossa prancha, tomavam posição. A visão dessas caras queridas foi-me uma alegria maior do que se assistisse ao ressurgimento das doze tribos.

O que sei é que, nesse dia, enterramos o mito de impunidade dos ladrões de bolinhas. Desde então, jamais voltaram a nos importunar.

8

Devo a *Reb* Schulem os primeiros rudimentos da Bíblia. A imagem ficou-me como de alguém muito íntimo dos personagens daquele livro sagrado.

Reb Schulem não se limitava a nos traduzir o texto hebraico; intercalava comentários, estórias, descrições; alçava-nos do prosaico Bom Retiro aos ermos da Ásia, para um cenário onde viviam e ainda sonhavam os patriarcas Abrahão, Itzhac e Iaacov.

— Sob um céu coalhado de estrelas, o ancião hebreu contemplava a grandeza de Deus. Ouvia uma voz, que lhe sussurrava nos ouvidos: "Olha para os céus e conta as estrelas, se puderes contá-las. Assim será a tua semente".

Essas palavras, desfiadas com tanta suavidade, faziam-nos esquecer de que estávamos numa sala de aula.

Ao contrário de outros mestres, não adotava o "método" de bater. Se um de nós saía fora da linha, seus olhos mansos fixavam-se no culpado com ar mais de surpresa do que de outra coisa. Havia neles algo que infundia respeito, era como se estivéssemos diante de um homem santo.

Reb Schulem morava não muito longe da escola, num desses casebres que integravam um conjunto geminado, todo sujo de pátina. Emigrara da Poiônia com a família, e só Deus sabia com que sacrifício procurara, nesses anos todos, adaptar-se ao novo estilo de vida.

Na rua, sua figura original atraía a atenção dos moleques. O capote enorme, o chapeuzão, a barba eram novidades para eles.

— Lá vai o judeu — gritavam.

Reb Schulem ouvia-os sem compreender. Alguns adultos acompanhavam as risotas dos menores. Ele olhava-os impassível.

Tenho-o ainda diante de mim, na sala de aula, com o *capele* pendendo para um lado da cabeça, barba preta a emoldurar o rosto, que era magro, e nos olhos um ar sonhador.

— E disse o Eterno a Abrahão: Vai-te da terra onde nasceste, da casa de teu pai, para a terra que Eu hei de te indicar.

A passagem da criação do mundo impressionava-me mais do que qualquer outra; ainda me soa nos ouvidos a voz grave de *Reb* Schulem, ao ler aquele capítulo do Gênesis. Os gestos eram amplos, cortavam o ar como espadas.

— No princípio, Deus criou o céu e a terra. A terra, meus filhos, era vã e vazia. Uma escuridão pairava sobre a face do abismo, e o espírito de Deus se movia na face das águas.

Reinava entre nós um silêncio absoluto. Então, *Reb* Schulem punha-se a explicar o que os grandes mestres pensavam dos mistérios da criação, do começo dos começos.

— E formou o senhor Deus ao homem do pó da terra. E lhe soprou nas narinas o fôlego da vida, e o homem passou a ser alma vivente. Ensina-nos o *midrash*, meus filhos, que Deus, quando assim procedeu, foi para que não existissem orgulho, desigualdade de origem, linhagens e castas. Para que nenhum homem possa chamar o seu semelhante de estrangeiro, pois pertence, como ele, à mesma terra.

Ah, as pérolas do Gênesis!

— Viu Deus tudo o que criou, e eis que era muito bom —- ecoava a voz do mestre.

E estava mesmo tudo muito bem, até o momento em que o nosso colega, Iossele, o filho do alfaiate, um terrível perguntador que tudo desejava saber, veio lançar-nos na escuridão da dúvida. Ao mesmo tempo em que arrancava um sorriso de *Reb* Schulem:

— *Moré* — perguntou —, gostaria de saber: quem criou Deus?

Quinta-feira, 1º de fevereiro de 1940

Carnaval Paulista. Os bailes de hoje. A batalha de confete, hoje à noite, no Largo do Arouche. Odeon — a expressão máxima do Carnaval, deslumbrante decoração de Figurey e Gigi.

QUE MUNDO MARAVILHOSO, com Claudette Colbert e James Stewart, no Metro.

Próxima atração: *NOITE FELIZ*, com Myrna Loy e Robert Taylor.

Repercussão do recente discurso do chanceler Hitler.
Londres, 31 (Reuter) — Em seu discurso de ontem, o chanceler Hitler visou particularmente os ideais democráticos que ridicularizou ... A Imprensa alemã considera o discurso de seu chanceler como advertência à Inglaterra e à França, quanto à iminente intensificação das hostilidades.

Sexta-feira, 2 de fevereiro de 1940

Queixas e reclamações — Os moradores da Rua Aurora, proximidades da Rua Joaquim Gustavo, de há muito não têm, durante a noite, um instante de repouso. Na esquina dessas ruas, existe uma casa suspeita, cujas moradoras, além de não se portarem com o preciso decoro, pertubam a tranqüilidade da vizinhança até altas horas da madrugada. Saem em companhia de seus pares para o passeio e expandem sua alegria em ruidosas cantigas, acompanhadas de ensurdecedora algazarra, ao que se alia o soar contínuo de estrídulas buzinas de automóveis, o que irrita os nervos mais calmos.

Artigo de Hermann Rauschning (ex-presidente do senado de Dantzig) — "Hitler me disse: Dominaremos a Europa. Se não pudermos vencer, arrastaremos em nossa queda a metade do mundo. A Europa será alemã ou deixará de existir. Essa democracia enjudaizada dos ingleses é tão pouco viável quanto a da França ou a dos Estados Unidos. Cabe-me, pelo menos, tentar recolher, sem guerra, a herança de seu império em decomposição. Mas não recuarei diante de uma luta com a Inglaterra. O que Napoleão não conseguiu, eu conseguirei.''

Domingo, 4 de fevereiro de 1940

Amanhã no Alhambra, *PRIMEIRO AMOR*, com Deanna Durbin.

Quinta-feira, 14 de fevereiro de 1940

Washington, 13 (Reuter) — O Presidente Roosevelt assinou hoje um decreto que abre o crédito de 252 milhões de dólares, destinado às primeiras despesas com o reforço da defesa nacional.

BOM RETIRO

Cai, cai, cai, cai
Eu não vou te levantar
Cai, cai, cai, cai
Quem mandou escorregar

9

O Senhor Sender foi outro que pulou de repente para dentro do nosso palco.

Um belo dia, estava eu voltando da escola, um tanto esfomeado, quando, ao abrir a porta da cozinha, dei de cara com um velhote sentado à mesa, tomando um bom prato de sopa de beterraba. Confesso que nunca vira criatura mais feia, Deus me perdoe: nariz achatado e partido ao meio; no rosto, cor de pergaminho, uma longa barba de fios irregulares. Era um tipo baixote, magro, com braços longos. Seus olhinhos me observavam divertidos.

— Então, esse é o seu filho mais velho? — perguntou ele à mamãe. A princípio, eu não conseguia compreender a sua fala, que era muito fanhosa.

Outro que, ao entrar em casa, arregalou os olhos, foi o meu pai:

— Quem é o nosso interessante hóspede?

Ficamos sabendo que o Senhor Sender era um antigo conterrâneo de mamãe. Desde que viera da Europa, fora morar no Sul do País. Um a um, os filhos foram morrendo; os poucos netos que sobraram não queriam saber do velho. E cá estava, em São Paulo, após uma longa viagem pelo trem da Sorocabana. Um velhinho beirando os oitenta, aparentemente forte e disposto. Como viera a lembrar-se de minha mãe e a dar em seu endereço, isto continuou para nós um mistério.

— Não podem imaginar o tirano que é o meu neto — queixava-se o Senhor Sender. — Não podia agüentar mais. Por isso, vim embora.

— Mas, *Reb* Sender — disse-lhe meu pai —, esta é uma cidade difícil para viver. Que fará por aqui?

— Pretendo me casar, constituir família e arrumar trabalho.

— Casar?!

— É o que diz a *Torá*: um homem deve ter uma mulher.

— E onde irá o senhor arrumar uma mulher?

— Que é que o senhor pensa? Não sou nenhum pé-rapado, tenho economias, e não me faltam forças para o trabalho. Garanto-lhe que posso fazer feliz a muita jovem.

A partir daquela noite, eu e meu irmão dividimos o quarto com o hóspede. Mamãe arrumou-lhe uma cama, estendeu lençóis, cobertor grosso e ajeitou-lhe um pijama do meu pai.

De minha cama, fiquei a observá-lo. Sem tirar o *capele*, ele meteu-se debaixo do cobertor, balbuciou a oração da noite e adormeceu profundamente. Estava mesmo muito cansado.

Em poucos dias, meu irmão e eu ficamos de tal modo familiarizados com ele que, como é natural, começamos a tomar algumas liberdades. Quando o velho dizia qualquer coisa naquele seu *idish* arrevesado, não resistindo à tentação, respondia-lhe rapidamente, procurando imitar a sua fala nasalada. Julgando que não me ouvira bem, o velho punha as mãos em forma de concha aos ouvidos.

— Que é que esse menino está aí a me enrolar, meu Deus?

Apesar das brincadeiras, afeiçoei-me a ele de todo o coração. Ajudava-o em tudo. Procurava-lhe os sapatos debaixo da cama. Abotoava-lhe os suspensórios e ouvia-o pacientemente no longo rosário de queixumes contra o neto. "Um verdadeiro *goi*, um tirano de fazer inveja ao próprio Aman."

— Você quer saber de uma coisa? — dizia-me, num tom de confidência. — Ele me estragou um casamento com a melhor mulher de Passo Fundo. Ela estava apaixonada por mim, desejava casar-se comigo e, note bem, tinha um bom dote. Mas aquele maluco encheu-lhe os ouvidos com uma série de inverdades.

Assim era o velho Sender, assim ia ele vivendo conosco.

Pela manhã, bem cedo, levantava-se, fazia as abluções, punha os *tifilim*, enrolava-se no *talis* e murmurava as orações matinais. Tomava o café, acompanhado de pão e manteiga, depois ia sentar-se na soleira da porta, onde ficava um longo tempo tomando sol e observando todos os movimentos da rua.

Meus pais se preocupavam com ele, não sabiam o que fazer.

— Imagine, se um dia resolve esticar as canelas! — dizia meu pai. — Nem sequer possui um documento com o que se possa enterrá-lo.

Mamãe sugeria:

— E se fosse conversar com o Asilo dos Velhos?

— Acaso pensa que é tão fácil conseguir lá uma vaga? Aqueles bandidos não aceitam ninguém sem um bom patrocinador.

— Não custa tentar. Se você lhes disser que ele não tem vintém, que é um pobre coitado, são obrigados a admiti-lo.

Naturalmente, meu pai se pôs a campo. Conversou com todo o mundo, apelou para a comissão do Asilo, escreveu até mesmo na Imprensa *idish*, fez tanto que, afinal, um dia voltou para casa eufórico.

— Está resolvido — anunciou. — Aqueles bandidos me aprovaram o pedido.

Quem não sentiu nenhum entusiasmo foi o próprio Senhor Sender. Ele olhava calado, com um ar meio cético.

— Então devo fazer a mala? — disse ele.

— Mas o senhor não está satisfeito, *Reb* Sender? O senhor terá o melhor tratamento possível. O seu futuro está garantido. Olhe, isso não foi fácil de conseguir.

— Sim, sim, mas diga-me uma coisa — perguntou o velho, puxando um pigarro: — Acaso lá existem mulheres?

Dentro de poucos dias, o Senhor Sender partiu.

Não foi sem tristeza que eu e meu irmão ficamos a observá-lo de longe. Com o seu longo capote, e amparado por meu pai, ia-se afastando de casa, num passinho arrastado, jogando os ombros da esquerda para a direita. Nunca mais tornamos a vê-lo.

10

Madame Ema vivia sozinha no pequeno quarto de uma pensão, ao lado de nossa casa. Pelo fato de ter a janela dando para a área onde mamãe estendia o varal, foi nascendo entre elas um vínculo. A princípio, um "bom dia", em seguida, um "como vão as coisas?" Depois, um diálogo mais amplo. Por fim, começou a aparecer em casa. Sentava-se num banquinho e, enquanto mamãe esfregava as roupas, ela se punha a falar da sua vida.

Era uma criatura agarrada ao passado, buscando nele apoio e trazendo recordações que, às vezes, se misturavam com o presente. Suas narrativas falavam da velha e bela Viena, onde seus pais a tinham criado, num ambiente de tradições judaicas. Do seu casamento com o herdeiro de uma das famílias mais ricas da cidade. Da suntuosa mansão em que viviam, dos jantares de gala que costumava oferecer, dos saraus artísticos. Seu salão se enchia de artistas tocando Schubert, intelectuais discutindo Mendelssohn, poetas recitando Goethe e Heine, e mulheres comentando a moda de Paris e os últimos mexericos da corte de Franz Iosef.

Essas coisas, Madame Ema ia desfiando num estilo floreado de uma mulher educada, sem esconder o brilho que lhe andava nos olhos.

Era uma senhora de uns setenta e poucos anos. O rosto trazia vestígios da antiga beleza. Duas bolsas escuras lhe sombreavam melancolicamente os olhos. Olhos vivos e inteligentes. Cabelos totalmente brancos, repartidos ao meio, recolhendo-se atrás num coque. Entrelaçava os dedos como quem procurasse evitar qualquer gesto.

· Quando me via voltando da escola, abria-se num sorriso, afagava-me os cabelos e segurava-me as mãos.

— Então, meu rapaz, o que aprendeste hoje? Não deves descuidar dos estudos, são muito importantes.

— Sim, madame — eu respondia.

— Tu serás um dia uma criatura importante se te dedicares aos estudos.

— Sim.

— Então, qual a matéria em que tiras as melhores notas?

Ficava sem saber o que responder. Eu não era grande coisa em matéria nenhuma. Ela citava exemplos de homens, escritores e poetas que, apesar de pobres em criança, se tornaram, graças ao estudo, nomes ilustres. E punha-se a recitar versos, cujo sentido não estavam a meu alcance. Eu procurava qualquer pretexto para escapulir.

Lembro-me, quando completei nove anos, Madame Ema pôs-me nas mãos um presente. Nada mais, nada menos do que os *Lieder* de Heine. Em seguida, iniciou um longo e retórico discurso. Fiquei a ouvi-la, com ar compenetrado. Ao fim de algum tempo, o monólogo entrou a me provocar, não sei por que, uma vontade doida de rir. Controlei-me enquanto pude, mas, quando percebi que o riso ia mesmo estourar, comecei com grande estratégia a fingir que estava chorando.

— Que é que há? — perguntou, perplexa.

— Ele está emocionado, madame — disse mamãe.

Entretanto, pouca coisa sabíamos dos seus últimos anos em Viena, antes de vir para a América; não gostava de se referir a eles. Seu atual sustento provinha da filha casada, que morava em outro bairro. Esta vinha periodicamente visitá-la, uma visita rápida, sem o marido; trazia-lhe sempre uma cesta de frutas e de flores.

Madame Ema tinha um gênio habitualmente alegre. Nas noites de sexta-feira, vinha sentar-se à nossa mesa e cantava conosco. Gostava de narrar passagens divertidas; seu riso era aberto e franco. Podíamos achá-la esquisita, mas gostávamos dela. Quando se dispunha a fazer imitações — ela tinha esse dom —, ríamos a não poder mais. Um dos que ela imitava era o Itzik, o vendeiro da esquina. Punha-se a imitar o modo do Itzik atender o balcão, o jeito de pendurar o lápis na orelha, o esforço de operar as somas, sua expressão apalermada nos momentos em que recebia reclamações dos fregueses. Era tal e qual o Itzik. Meus pais riam tanto que lhes vinham lágrimas aos olhos. E, quando começava a imitar o vendedor de bilhetes de loteria (o pobre coitado tinha uma perna torta), sofríamos verdadeiros ataques de histeria. Ela pegava um pedaço de papel, fazendo de conta que era o bilhete, e ia nos oferecendo, enquanto dava voltas à mesa, com um andar desengonçado. Mantinha uma perna esticada e a outra mole e bamboleante, fazendo o corpo todo subir e descer.

— Que Deus meu perdoe! — dizia.

De manhã, ela costumava sair a passeio pelo Jardim da Luz. Às vezes, pedia para levar meu irmão, por quem tinha verdadeiro afeto. Sentava-se com ele na grama e ria feito criança. Depois, longe das vistas do guarda, colhia algumas flores. Quando mamãe os recebia de volta, meu irmão vinha sorridente, com enfeites de margaridas nos cabelos.

Um dia, fui levar-lhe um prato de bolo, que mamãe preparara para as festas de *Purim*. Bati à porta e dei-lhe o prato.

Já me dispunha a ir embora, quando Madame Ema me tomou a mão e me conduziu para dentro.

Era um quarto simples, de poucos móveis. Vagava no ar um adocicado perfume de flores.

— Vá entrando, meu príncipe. Não faça cara de bobo, vamos comer juntos este bolo.

Ela foi até o armário, retirou pratinhos e garfos, depois nos sentamos à mesa.

— Nada mal, heim? — e, com um longo suspiro: — Como eu adorava bolos! Tínhamos um mestre-cuca que fazia os melhores bolos de Viena. Todas as tardes, trazia para o chá uma novidade. Iosef, meu marido, caçoava de minha gula. "Ficarás gorda como um barril, querida", dizia ele. No entanto, minha cinturinha continuava igual à de uma menina. Quando minhas amigas me perguntavam o segredo, sabe o que eu lhes respondia? "Comam bolos, suas bobinhas, é este o segredo."

Madame Ema se pôs a rir como nunca a vira antes. Eu não sabia o que dizer.

— Devo estar com uma cara horrível — observou ela. — Peço mil perdões. Que vergonha, meu Deus! Tem de compreender que há muito não recebo visitas. Já não sei como me comportar. Eu que cultivava a arte de bem receber! Ah, se minhas amigas me vissem, o que não diriam? Parece até que estou ouvindo os seus comentários. "A pequena Ema foi hoje totalmente impossível", era o que diziam aos maridos, no fim da noite. Estes, sorrindo, observavam: "Foi uma noite adorável a que a pequena Ema nos proporcionou, não acha, querida?" "Pequena Ema", era assim que se referiam a mim.

Madame tomou um velho álbum de fotografias e me foi citando nomes e mais nomes. Numa delas, a mais desbotada, via-se uma jovem de cabelos encaracolados, rosto de boneca, sorriso alegre.

— Eis aí a pequena Ema — disse ela. — Nesta outra, a casa onde morávamos, dá para ver no fundo o jardim, o meu jardim encantado. Aqui está o meu pobre Iosef! Observe seu cavanhaque; era o seu orgulho. Como eu brincava com ele por causa disso! Nesta outra, estou aí de novo, já um tanto madura, ao lado de minhas boas amigas, Hilde, Clara e Léia. Por onde andarão essas meninas?

Seus olhos se encheram de lágrimas. Sentada diante das velhas fotografias, sua pequena figura se imobilizara. No rosto, havia uma expressão vazia, um olhar distante. Lá fora, uma vitrola espalhava as notas de uma valsa.

Cerca de uma semana depois, a filha dela veio bater à nossa porta, inesperadamente. Mamãe, que mal a conhecia, fê-la entrar, notando que a moça se encontrava extremamente agitada. Era uma jovem bonita, ruiva; sua voz modulada não escondia o nervosismo.

— Receio que alguma coisa tenha acontecido a minha mãe — balbuciou, entre soluços.

Por muito tempo, mamãe não nos contou o que acontecera. Uma noite, estava eu já deitado, ouvi ela dizendo a meu pai, que acabava de chegar:

— A filha da pobre Ema esteve aqui de novo. Trouxe um bilhete que encontrou entre suas coisas.

E, com a voz embargada, mamãe leu: "Adieu, meus amigos. Não estarei com vocês na noite de sexta-feira. Perdoem-me pelo que vou fazer, mas preciso voltar à companhia do meu querido Iosef. Não desejo causar transtornos à vizinhança, nem assustar os meus queridos meninos. Deixo abaixo o meu nome completo e o de meu esposo, rogando a vocês, encarecidamente, que celebrem uma oração por nossas almas. Adieu, amigos. Da sua pequena Ema".

Sábado, 1º de junho de 1940

Estréia da cantora Marilu, hoje à noite, ao microfone da PRA-5. Respondendo ao repórter, qual era sua opinião quanto ao tão debatido assunto das letras de samba, disse: "De fato, acho as nossas letras muito pobres. Ultimamente, porém, tem melhorado um pouco. A regulamentação do assunto pelo DIP concorrerá, estou certa, para que o nosso samba venha ser muito mais apreciado".

QUEM TEM LÁBIOS MAIS PARECIDOS AOS DE HEDY LAMARR? Premiando a beleza de uns lábios sedutores, promovemos um concurso entre todas as senhoras e senhoritas...

A publicidade comercial e as diretrizes do DIP. Entrevista concedida pelo Diretor da Divisão de Imprensa daquele Departamento. O lado moral da publicidade.

Junho, frio e festivo, já não apresenta o rumoroso encanto dos tempos de nossos avôs. Novos tempos, novos costumes.

INTERLAGOS HOTEL

Oferece à Elite de S.Paulo uma festa junina típica, num ambiente distinto. Fogos, cateretês, desafios de viola, baile, fogueiras.

>Chegou a hora da fogueira!
>É noite de São João...
>O céu fica todo iluminado
>Fica o céu todo estrelado
>Pintadinho de balão...

11

Havia doença lá em casa. Não era coisa grave, mas sempre, quando a "fatídica" se insinuava entre nós, a sentíamos logo. O ar como que sofria uma mudança, enchia-se de forte cheiro de remédios, toda a casa recendia a hospital. Assim sendo, começávamos a andar, sem querer, na ponta dos pés.

— O garoto continua com febre. Não acha melhor chamar o Dr. Feldman? — perguntava mamãe.

Meu pai largava o livro, coçava a cabeça e se levantava um tanto nervoso.

— Ora, estou o tempo todo dizendo que devemos chamar o médico.

— Disse ou não disse, não importa, é bom chamá-lo, agora.

— Vamos ver se o encontro em casa. Provavelmente, terei que lhe deixar um recado. Sabe Deus a que horas virá.

— Está bem — dizia mamãe —, eu não disse que ele precisa vir correndo. O caso não é tão grave, talvez nem seja caso de médico.

— Não concordo — interrompia meu pai. — Precisamos dele e acabou-se. Ficarei mais tranqüilo se o Feldman vier aqui e nos disser que não é nada.

— O garoto não tem mais de 37 graus, deve ser uma dessas gripes.

— Então, que Feldman confirme isso. Não vai querer que seja uma doença grave, não é?

— Deus me livre, não me fique aí rogando pragas.

— Quem é que está rogando pragas? Bem, vou chamar o Feldman. É bom que venha logo, antes que eu mesmo acabe sofrendo do coração.

— Ora, não grite tanto, e não me faça essa cara de pânico — gritava mamãe. — Quantas vezes devo repetir que a criança está dormindo? E sabe de uma coisa? Se quiser chamar o médico, então chame de uma vez.

— E você acha que não se deve chamar?

— Não foi o que eu disse. Eu disse simplesmente que não é caso grave.

— Está bem, mulher. Mas, afinal, o que devo dizer ao Feldman?

— Que apareça logo, não sei o que se passa com meu filhinho.

Feldman, o nosso médico, entrava em casa sem cumprimentar. Baixote, cabeça grande, sobrancelhas espessas, boca rasgada; no rosto marcado pelas bexigas sobressaíam uns olhinhos vivos. Enquanto tirava da maleta o estetoscópio, ia fazendo perguntas a minha mãe. Falava depressa e, nem sempre, podíamos entendê-lo. Depois, desabotoava o pijama do meu irmão, encostava o instrumento em suas costas, examinava-lhe a língua, os olhos, os ouvidos, apertava-lhe a barriga, por fim, sem dizer nada, abria o bloco. Meus pais, de pé, ficavam esperando. Esperavam que o homenzinho dissesse o que havia. Aí, então, começava um jogo. O médico continuava escrevinhando a receita, falava de tudo, menos do estado do paciente.

— Como vão os estudos, heim, meu rapaz?

O rapaz a quem ela se dirigia era apenas o meu irmão, um "tampinha" de três anos, meio choramingas, febril, que nunca vira em sua vida uma escola. Feldman ia falando e suas palavras saíam como balas de metralhadora. Não se podendo entender, o melhor mesmo era ficar quieto. Finalmente, levantava-se e se dirigia à sala. Podíamos contar, ao certo, com uma boa dose de remédios. Compotas, canja de galinha e maçã ralada. Naturalmente, não sair de casa pelo espaço mínimo de oito dias. Ah, abençoadas férias!

Bom sujeito, esse Dr. Feldman. Gozava de muito prestígio entre os moradores do Bom Retiro, para quem era como um membro da família.

Ninguém ignorava que, nos lares mais desafortunados, ele próprio trazia os remédios que o doente necessitasse; deixava-os em cima da mesa e, antes que o interpelassem, sumia rapidamente. Se por acaso ainda o agarrassem na porta, o homenzinho voltava-se zangado:

— Ora, meu amigo, tenho mais o que fazer, passe bem.

Não faltava a ele o senso de humor; as estórias que tinha o hábito de contar eram já famosas e conhecidas por todos nós.

— Então, doutor, o que tem o menino? O caso é de alguma gravidade? — os pais queriam saber.

— Gravidade?! — repetia com aquele estilo tipo metralhadora. — Mas, que gravidade! Isso me faz lembrar uma estória.

E lá vinha uma de suas estórias; metade entendíamos, a outra fazíamos apenas de conta. Por fim, Dr. Feldman arrematava:

— Essa é boa, não é? Muito bom. Bem, tenho de ir andando, avisem-me se houver novidades.

Em outras ocasiões, ao ser chamado para algum caso de urgência:

— Então, o que é que há? — perguntava.

— O garoto está muito doente.

— E por que cargas d'água não chamam logo um médico que preste?

Feldman também tinha sua outra face.

Certo sábado, de tarde, ele apareceu em casa. Meu irmão achava-se enfermo, ao que se presumia, de caxumba. Feito o exame, passada a receita, deteve-se na sala para uma prosa com meu pai. Mamãe fora à cozinha preparar o chá. Fiquei ouvindo a conversa.

— Em minha profissão — dizia Dr. Feldman, suspirando — defronto-me comumente com casos estranhos. Sou obrigado a fechar os olhos, para não participar dos seus dramas.

— Suponho que não sejam poucos — adicionou meu pai.

— Sim, é verdade. Vou contar um; não citarei nomes, mas trata-se de alguém que conheço há vários anos. Desde os tempos em que era um simples mascate. O homem labutou, conseguiu uma fortuna incalculável. Fez tudo pelos filhos, cercou-os de conforto, deu-lhes fábricas, propriedades. Hoje, velho e viúvo, vive sozinho. Os filhos não têm tempo para cuidar dele, as noras andam ocupadas, não se interessam por ele. Pois bem, fui visitá-lo hoje; verifiquei que estava nas últimas. Não havia por perto nenhum dos filhos. Dá para não se envolver?

— Isso são filhos? São pedras — retrucou meu pai, revoltado.

— Sim, são pedras! Mas eu digo que estas pedras um dia terão de prestar contas a outras: os seus filhos. É o velho círculo das gerações, professor — filosofou Dr. Feldman.

E, sorvendo lentamente seu copo de chá, deixou-se ficar pensativo.

12

Estávamos nos dias de *Iom Kippur* e *Rosh Haschaná*, os chamados "dias terríveis".

Não havia um só judeu em todo o Bom Retiro, Deus o livre, que deixasse de acatá-los. Quaisquer ocupações, por mais importantes que fossem, eram postas de lado. Mesmo os que durante o ano todo nunca haviam aberto o livro de orações, apressavam-se a encerrar o expediente, corriam para casa, punham roupas escovadas, tomavam cedo a refeição, rodeados da mulher e dos filhos, e dirigiam-se à sinagoga.

A José Paulino, normalmente tão movimentada, assumia um aspecto de abandono, ficava vazia e quieta, portas cerradas, luminosos apagados.

Na escola, éramos dispensados mais cedo e íamos diretamente para casa. Tomávamos banho, calçávamos sapatos novos, envergávamos roupas limpas e sentávamos à mesa, sobre cuja toalha branca se erguiam os candelabros. E assim ficávamos à espera, até que os adultos dissessem: "Está na hora". Meu pai diria, como de costume: "Espero que faça bom tempo, agüenta-se melhor o jejum num dia fresco".

E, ao chegarmos ao templo, minha mãe beijava a cada um de nós e subia ao balcão das mulheres, enquanto eu e meu irmão íamos sentar ao lado de papai.

A voz do *hazan* dominava toda a sinagoga. Suas orações tinham um estranho apelo. Eu acreditava piamente que, lá no reino dos céus, Deus Todo-poderoso abria o livro e Se aprontava para decidir, com uma só penada, os nossos destinos. Mas, pouco a pouco, íamos ficando distraídos, começávamos a sentir vontade de falar, de respirar ar puro. Quando surgia a primeira oportunidade, escapulíamos aliviados para o pátio. Do interior do templo, vinham os ecos do *Kol-Nidrei* e os lamentos do povo que rezava.

No último banco, estava o Ruvque, o carroceiro, encolhido no seu canto, com o *talis* a lhe cobrir a cabeça. Permanecia o tempo todo de pé, sem se mover, mergulhado em profundo silêncio.

Ruvque morava numa casa da vila, a menor de todas; não se podia, na verdade, compreender como é que tanta gente coubesse nela. Pois, além de Ruvque e a mulher, havia sete filhos.

O ponto em que Ruvque ficava à espera dos fregueses era o da esquina da José Paulino com a Ribeiro de Lima. Os chamados vinham em bom número. Ruvque não tinha preguiça; carga cheia, saía ele a puxar a carrocinha. Trabalho, graças a Deus, sempre houve. Nos dias de grande calor, era quando sofria mais, seu corpo molhava-se de suor, a cabeça, apesar do grosso boné, parecia estourar.

Seu grande sonho era um dia ver os filhos formados. O primeiro, médico; o segundo, engenheiro; o terceiro, advogado; e assim por diante. Ah, se Deus o pudesse atender! Mas Ruvque era analfabeto. Ao contrário dos outros, nem ao menos sabia ler uma prece, e isso o mortificava. No *Iom Kippur* envolvia-se no seu *talis* e permanecia simplesmente em silêncio. O coração palpitava de dor, a consciência não o deixava em paz.

Um dia, veio falar com meu pai.

— Professor, eu gostaria de aprender a ler. O senhor acha isso possível na minha idade? Quero ser um judeu como todos os outros. Quero, também, pronunciar as preces do *Iom Kippur*.

Meu pai ouviu-o caladamente.

— Ruvque, meu prezado irmão — disse ele, por fim. — Está escrito que qualquer um de nós pode dirigir-se a Deus. Podemos fazê-lo usando a linguagem que a própria mãe nos ensinou, e basta isso.

Um grande sorriso desenhou-se no rosto comprido de Ruvque. A princípio, não quis acreditar. Mas, pouco a pouco, a idéia foi lhe entrando na cabeça e, quando se despediu, um imenso alívio apoderou-se dele.

Durante o *Iom Kippur*, desta vez não ficou em silêncio. Todos rezavam. E ele também. Só que de um modo diferente.

Se alguém se aproximasse dele, poderia ouvir uma curiosa oração em *idish*.

— Deuzinho do céu, ajudai-me, ajudai a todo o povo de Israel. Que não me falte carga o ano todo. Que não me faltem forças. Que não me falte saúde. Que eu possa custear os estudos de meus filhos. Que eles se formem bons doutores. Que todos nós tenhamos um bom ano. Amém.

13

Meu pai vivia reclamando, não poucas vezes, contra mamãe. Esta tinha o dom de atrair toda a sorte de *capzonim*. Resmungava, mas, no fim, ele também se condoía deles.

— Como se não bastassem os nossos próprios problemas, ela coleciona os dos outros — comentava.

O que era pura verdade. Mamãe nunca deixou de atender aos que vinham bater à porta, não era capaz de dizer não; ouvia-os e se comovia facilmente. Por isso, eu e meu irmão não ficávamos surpresos quando encontrávamos algum hóspede com malas e pacotes ocupando o nosso quarto.

Ah, os *capzonim*!

Uma vez, apareceu-nos um casal, Paulina e Berl. Ficaram morando conosco algum tempo, até que se lhes arranjou moradia no fundo de uma vila. A muito custo, Berl conseguira emprego de guarda-noturno numa fábrica de papel, e dera-se por satisfeito, pois não sabia fazer outra coisa.

Baixote, troncudo, arrastando pesadamente os pés, Berl formava um vivo contraste com a figura da mulher. Esta era alta, magra, usava óculos de lentes grossas; estava sempre lhe dando ordens. Na própria presença dele, queixava-se à minha mãe:

— Todo o mundo se esforça para ser alguma coisa, para ter um bom emprego, ganhar mais, ter uma boa casa. Todo o mundo, menos o meu Berl. Isso não é com ele. Sou eu quem deve se arrebentar, lavando roupas, esfregando assoalhos, guardando tostões.

Berl ficava ouvindo. Sacudia a cabeça, sorria ingenuamente, como se essas palavras não se referissem a ele.

— O salário que ele me traz mal dá para pagar as contas do armazém, as contas de luz, da água, do aluguel. Não nos sobra nada. Há anos que eu não sei o que é fazer um vestido novo. As meias dele têm remendos sobre remendos. Meu Deus, que será de nós?

Que eu me lembre, durante todo o tempo, ela nunca parou de resmungar. O que não impedia que cuidasse dele com o máximo desvelo.

Dona Paulina tinha a mania de limpeza. A pequena casa que ocupavam estava sempre impecavelmente limpa e em ordem, o assoalho brilhava como um espelho. Ela repetia com orgulho um reclame muito popular:

— Quem é a melhor amiga da Paulina? Cito, Pox e Parquetina.

Berl, ao voltar da fábrica, antes de pisar em casa, tirava os sapatos e só entrava de meia. O pijama dele já estava dobrado na cadeira, os chinelos no lugar certo, a mesa servida. Tinha a obrigação de trocar a roupa do trabalho, pendurá-la no cabide, colocá-la no guarda-roupa e, a não ser que quisesse arrumar encrenca, não deixar nada espalhado, nem fora de lugar. Em seguida, tomava uma xícara de café com leite, na qual mergulhava uma fatia de pão preto. Trabalhando de noite, metia-se na cama pela manhã, dormindo até a hora do almoço. À tarde, enquanto a mulher passava ferro, ele varria a cozinha, lavava o quintal, enxugava a louça.

No horário da radionovela — o rádio era o grande luxo deles —, Dona Paulina largava tudo o que estivesse fazendo, Berl parava de varrer, apoiava a cabeça na vassoura, e ficavam ouvindo. Era o grande momento do dia. Nada mais importante. O tempo parava. Toda a atenção fixava-se no drama, sublinhado por uma doce melodia. Os personagens assumiam para eles uma identidade real; eram seus conhecidos, gente de carne e osso; preocupavam-se com os seus problemas, seus aniversários, seus casamentos, seus enterros. Os destinos dessas figuras fictícias se entrelaçavam com os deles.

— Você acha, Berl, que eles vão mesmo casar?

— Se Deus quiser.

— Acho que a pobre moça está muito anêmica.

Berl não dizia nada, mas se sentia também aflito; não raras vezes, dirigia-se ao trabalho seriamente preocupado com o que poderia suceder ao jovem casal da novela interminável.

Paulina e Berl, como não tivessem filhos nem parentes, consideravam meus pais sua própria família e, por ocasião dos feriados religiosos, apareciam para nos desejar um *Gut Iom-Tov*. Dona Paulina trazia um prato de doces, que ela mesma preparava, e se sentia feliz com os elogios de mamãe. Nós, garotos, os devorávamos, lambendo os beiços. Berl dava um largo sorriso, depois dizia gaguejando:

— Também ajudei, não foi, Paulina?

Esta olhava para minha mãe, abanando a cabeça.

— Berl! Berl! O que devias fazer é ajudar-me a ganhar mais.

Quando meu pai se punha a construir a *Sucá*, Berl o ajudava; trazia as folhagens, montava os pontaletes e, ao cabo do serviço, sentia-se tão satisfeito quanto meu próprio pai. Seus olhos brilhavam, cheios de orgulho. Pronunciada a bênção do pão, enchiam-se as taças de vinho.

— Não dê muito a ele, professor — dizia Dona Paulina. — Berl não sabe beber.

— Todo bom judeu deve beber um copo de vinho. Isso é um *mitzve* — retrucava meu pai, rindo. — Vamos, Berl vire o copo.

— É um *mitzve* — repetia ele, emborcando o copo.

Eu e meu mano apreciávamos muito as festas de *Sucot*. Comíamos na cabana e ficávamos de olho nos passarinhos feitos de casca de ovo, pendurados nas ripas. As estrelas cintilavam por entre as frestas. Ah, as belas festas de *Sucot*!

Dos adultos, outro cuja satisfação podia ser comparada com a nossa, era o Berl. Ele podia ficar na *Sucá* horas a fio. Quando nos via pulando, correndo, o homem ficava desesperado:

— Psiu, crianças.

Naturalmente, não lhe dávamos atenção, continuávamos pulando do mesmo jeito. Berl era mesmo uma criatura singela. Meu pai costumava dizer que o reino dos céus estava povoado de tipos como ele, cuja inocência e pureza só poucos possuíam.

Uma vez, no entanto, nosso puro e inocente Berl encheu-nos a todos de preocupação. Dona Paulina, certa manhã, nos entrou em casa, puxando o marido pela mão. Este vinha com o rosto inchado, lábios machucados, uma faixa na cabeça.

— Berl vai arruinar-me a vida — gritava a mulher. — Vejam o seu estado! Ele acaba de ser despedido.

— Mas o que aconteceu, Dona Paulina? — perguntou mamãe.

— O tonto virou grevista. Vejam a cara do grande grevista!

Berl deu-nos a sua versão, tropeçando nas palavras, gaguejando.

BOM RETIRO

No momento em que apareceu a polícia, alguns operários exaltados procuraram reagir e, assim, começou a pancadaria. Ele foi a primeira vítima. Recebeu coronhadas, pancadas e bordoadas, dos dois lados, e o pior de tudo é que, no dia seguinte, o seu nome figurava na lista dos despedidos.

— Berl! Berl! — chorava Dona Paulina. — E agora o que fazer? Onde irá você arrumar trabalho?

Meu pai, que ouvia silencioso, condoeu-se do casal.

— Vamos arrumar um emprego, Deus há de ajudar.

— Ele não sabe fazer nada, professor — lamentou-se a mulher. — Nada, nada. Ele é um *goilem*.

Domingo, 1? de dezembro de 1940
Corte essa tosse com XAROPE SÃO JOÃO

Chapéus RAMENZONI para o olhar exigente das mulheres: uma verdade para Hollywood e para todo o mundo.

Cine S.Bento — *TUDO ISTO E O CÉU TAMBÉM*, com Bette Davis e Charles Boyer.
Cine Lux — *IMITAÇÃO DA VIDA*, com Claudette Colbert.
Só à tarde: *FLASH GORDON CONQUISTANDO O MUNDO*.
Cine Rosário — *TERRY E OS PIRATAS*, com William Tracy.

Terça-feira, 3 de dezembro de 1940
O Marechal Petain visitará Marselha — Provável mudança da Capital da França não ocupada para Versalhes — A estada

do General Weigand no Marrocos — A política de colaboração franco-alemã.

Domingo, 15 de dezembro de 1940

Pierre Laval exonerado do Ministério do Exterior da França. Substituído também o Ministro da Instrução Pública. O Marechal Petain comunicou sua decisão ao chanceler Hitler. Mensagem ao povo francês.

Berna, 14 (S) — O Marechal Petain declarou que foi obrigado a tomar essa atitude por considerações de ordem interna. Desde esta manhã, as comunicações telefônicas entre a Suíça e Vichy estão interrompidas.

Cine Art-Palácio — *O HOMEM QUE SE VENDEU*, com Brian Donlevy e Akim Tamiroff.

Sexta-feira, 20 de dezembro de 1940

O Sr. Winston Churchill expôs ontem perante a Câmara dos Comuns a situação da Inglaterra no atual conflito europeu. Londres, 19 (UP) — "Seria grande falta de prudência supor que passou o perigo da invasão..."

Cine Lux — *NÃO ESTAMOS SÓS*, com Paul Muni.
Cine Rialto — *CONDE DE MONTE CRISTO*, com Robert Donat e Elissa Landi.

O Corinthians derrotou o S. Paulo por 3 pontos a 0. Joane, Teleco e Lopes, os marcadores.

BOM RETIRO

O ex-rei Carol, da Rumânia, estará preso em Madrid?

Terça-feira, 31 de dezembro de 1940

O presidente Roosevelt pronunciou importante discurso. O chefe do Executivo norte-americano falou sobre a posição do seu país em face do conflito europeu. Justificativas do auxílio prestado pelo E.E.U.U. à Grã-Bretanha.

14

— Fantasma! Fantasma!
— Eu te pego, moleque, eu te pego.

Já estávamos acostumados a ouvir essa gritaria. Em frente de casa, morava o português a quem nós chamávamos de Fantasma, um homem de carranca fechada e de longos bigodes.

Ao que se dizia, era rico, cheio de propriedades e com muita renda. Tinha também outro apelido, o de "Pão-duro", ao que fazia jus por todos os direitos; atingira nisso altos requintes.

Em dias de feira, ele saía com uma cesta para recolher os restos de frutas. Quem o visse, poderia julgar que fosse um miserável mendigo. Ficava o dia todo sentado à porta de casa, como que cuidando para que ninguém sujasse a calçada, nem a gastasse demais. Quando o víamos distraído, passávamos correndo e batíamos os pés na tampa de ferro que havia no passeio. O coitado estremecia todo; em seguida, tentava ainda, desajeitadamente, perseguir o autor da proeza, que já corria longe. Quanto mais zangado ele ficava, mais nos divertíamos. Não havia melhor passatempo.

— Eu te pego, moleque, eu te pego.

— Fantasma! Fantasma!

Um dia, pegou mesmo. E quem havia de ser? O meu irmão. O pilantrinha, que estava comigo, não correra tão depressa quanto os outros. Quando dei pelo fato, ele estava preso nos braços do Fantasma. Naturalmente, voltei atrás, disposto a socorrê-lo. Afinal, eu era responsável pelo meu irmão.

Tremiam-me as pernas. Nunca ninguém estivera tão perto dele. — Por favor, solte meu irmão.

— Vou levar este moleque embora.

— Pelo amor de Deus, ele é o caçula da minha mãe.

De repente, a carranca do português se transformou, e ele disse:

— Está bem, faço a troca, tu ficas no lugar dele.

Confesso que a frase me fez estremecer; mas, como já disse, eu era responsável pelo meu irmão. O que não diriam meus pais se eu voltasse sem o seu caçula? Aceitei.

No momento em que as tenazes do português largaram os braços do frágil prisioneiro, este saiu correndo como um raio e gritando:

— Vai matar meu irmão, vai matar meu irmão.

O português cofiou o bigode. Foi quando descobri que o Fantasma não era, afinal, nenhum bicho-papão.

— Meu filho, vai-te embora. Oh! raça danada! Vai-te embora, meu filho.

15

Nas festas de *Hanucá*, com o dinheiro que eu e meu irmão ganhávamos, podíamos, em verdade, comprar muitas coisas. O problema estava em escolher o que comprar.

Geralmente, começávamos pelo automático da Estação da Luz. Não tanto pelo chocolate em si, mas pelo prazer de enfiar uma moeda na máquina e o receber do outro lado. Esta operação tinha para nós alguma coisa de irreal, era como uma espécie de toque mágico que nos fazia arregalar os olhos.

Seguíamos depois para a Ribeiro de Lima apreciar as novidades da grande mercearia. Convinha para isso, naturalmente, dar uma boa volta, evitando as ruas sob o domínio dos ferozes "turquinhos"; é evidente que, numa tarde como essa, ninguém queria ser estraçalhado.

Entrávamos na mercearia, tilintando as moedas no bolso, para que soubessem que éramos compradores e não nos confundissem com os moleques da rua. No ar vagava uma mistura de cheiros: pepino azedo, arenque defumado, azeitonas, pão preto, *vurcht*, café, pão-doce. Íamos passando devagar junto das prateleiras onde ficavam empilhados os canivetes de várias cores e tamanhos, os piões de madeira, as bolas de borracha e as de couro com câmaras de ar. Ao nos aproximarmos do balcão das gasosas e dos vidros de groselha, Srulic me dava uma cutucada. Pelos olhos dele, eu já sabia o que estava querendo. Eu tirava do bolso uma moeda e pedia dois copos, um para mim, outro para ele. Em seguida, retornávamos às prateleiras, para a grande decisão.

Os canivetes, com tantas cores, sem dúvida nos deixavam atrapalhados. Não era fácil optar por um vermelhinho quando se olhava para o azul, nem pelo azul quando se olhava para o amarelo.

— Como é, meu filho? — apurava o vendeiro.

Ainda meio indeciso, inclinava-me para o vermelho. Virava-o de todos os lados, como quem tenta descobrir alguma coisa ou avaliar alguma qualidade. Consultava o Srulic, que não dizia nada e se mantinha mudo como uma pedra.

— Fico com o vermelho — eu decidia, finalmente.

Sobravam-nos alguns níqueis para o doce de coco e a "maria-mole", deixados para durante a longa caminhada de volta para casa. Srulic ficava com o rosto lambuzado, seus olhinhos brilhavam de satisfação. Afinal, não era todo dia que se desfrutava esta possibilidade de enfiar a mão no bolso e sentir, lá no fundo, o contacto metálico de um canivete.

No meio do caminho, tínhamos também de parar diante da banca de jornais, na esquina da José Paulino com a Silva Pinto. Estavam ali expostas as revistas em quadrinhos, com suas capas coloridas, de onde nos ficavam espreitando o Li'l Abner (perseguido por Daisy Mae, no Dia de Maria Cebola, lá em Brejo Seco), o Fantasma (jurando, pela caveira, consagrar sua vida e a de seus descendentes à luta contra o crime e a pirataria), o Super-homem (sobrevoando o céu de Metrópolis, para espanto dos seus habitantes: É um pássaro? É um avião? É um homem?), e o Espírito (não chore por Shnobble, melhor chorar pela Humanidade inteira). Com os últimos tostões que nos restavam, comprávamos o Guri e o Globo-Juvenil, voltando para casa totalmente felizes.

Não era à toa que eu e Srulic tínhamos adoração pelos feriados de *Hanucá*.

Domingo, 22 de junho de 1941

Nova York, 22 (R) — Urgente — A Alemanha declarou guerra a toda a Rússia.

Zurich, 22 (R) — Urgente — O chanceler Hitler proclamou que o Exército alemão, ora em guerra com a Rússia, foi, assim, mais uma vez convocado para salvar os destinos da Europa.

Assistam a:
— *A GAROTA RUIDOSA*, com Jane Withers, no Cine Odeon, Sala Vermelha.
— *A VOLTA DOS MOSQUETEIROS*, com John Howard, no Cine Broadway, "Um por todos e todos por um".
— *NEM SÓ OS POMBOS ARRULHAM*, com William Powel e Myrna Loy, no Cine Metro.

Notícias de futebol:

"O encontro realizado anteontem no Estádio Municipal, entre o Palestra Itália e o Esporte Clube Corinthians Paulista, terminou empatado por 1 ponto. Os pontos foram marcados por Servílio e Capelozzi, respectivamente, para o Corinthians e para o Palestra."

MEXERICOS DE HOLLYWOOD

— Assim que Joan Crawford terminou seu papel no *A Woman's Face*, em que interpreta uma mulher com uma cicatriz no rosto e de vestes sombrias, achou que precisava de uma cura de *glamour* para dissipar a impressão depressiva dos costumes que teve de usar. Foi uma noite destas ao "CIRO" envolta em magníficas peles, coberta de jóias e com um maravilhoso vestido branco e encarnado.

— Rita Hayworth recusou o papel principal em *Man Power*, com George Raft. Parece que nesse filme a protagonista só usa dois vestidos e Rita não quis sacrificar seu *glamour*. Sabem quem aceitou o papel? Marlene Dietrich!

16

— Mamãe, é verdade que estão matando os *idn* na Europa?

Tive um pesadelo; tanto ouvira falar de guerra que ela me entrara nos sonhos.

Mamãe me respondeu a verdade, nua e crua. Corria muito sangue nas terras da Europa.

— Mas, por que, mamãe?

— Têm ódio de nós.

— Que foi que fizemos?

— ......

— Sonhei que estávamos sendo queimados.

— ...

— ....

— ....

— Não quero ser lançado num forno, mamãe.

17

Faivel, primo de segundo grau de minha mãe, era outro que movimentava demais a nossa casa quando vinha a São Paulo. Lojista de Quatro Irmãos, pequena cidade gaúcha, próxima das colônias de Barão Hirsh e Baronesa Clara, vinha aqui periodicamente fazer compras. Na qualidade de parente, sentia-se no pleno direito de hospedar-se conosco.

Bom rapaz esse Faivel, esforçado e inteligente.

— Não sou nenhum Rockefeller — dizia ele a meu pai —, mas, reconheço que meus negócios vão indo bem. O senhor quer saber por que, professor? Meu segredo consiste em comprar bem. Comprando bem, é que se pode vender bem.

Faivel soltava uma risadinha e concluía:

— Quem for à minha loja pode ter certeza de que encontrará qualquer artigo pelo menor preço da praça.

— E como faz para comprar bem? — perguntava meu pai.

— Em primeiro lugar, comprando na fonte. Eu, por exemplo, nunca faço negócios com intermediários, representantes; prefiro viajar a São Paulo, onde adquiro a mercadoria dos próprios atacadistas. E aí está tudo. Em segundo lugar, saio a especular. Especulo em várias casas, procuro o melhor preço, pleiteio todos os descontos. Sem falar no grande desconto do "pagamento à vista"; comigo é no *cash*.

Enquanto Faivel explicava isso e aquilo, o seu grosso polegar escorregava para as narinas. Era este o seu único defeito. Sem querer, começava a cutucá-las, a explorá-las.

— Faivel — dizia-lhe meu pai —, por favor, assoe-se de uma vez.

Nessa curta temporada que passava em São Paulo, ele era o nosso grande hóspede. Quando voltava, à noite, depois de percorrer a José Paulino e a 25 de Março, de ponta a ponta, trazia-nos presentes, para mim e meu irmão: bexigas coloridas, canivetes, bolas de borracha. Durante o jantar, Faivel contava a meu pai as peripécias do dia. De como comprara um lote de camisas de jérsei do maior atacadista da praça.

— Eis aí um turco esperto, professor — dizia rindo. — Mas ele tinha pela frente a mim, Faivel, modéstia à parte, um osso duro de roer. Consegui uma grande redução no preço. O senhor, certamente, vai me perguntar como é que foi. Muito simples. Estamos no fim do mês, é ou não é? E, no fim do mês, quem é que não precisa de dinheiro? Pois bem. Tirei o dinheiro da carteira, joguei-o no balcão e disse: Ou o senhor me faz o desconto e recebe já este pacote, ou me mando imediatamente para o seu concorrente. Que é que o senhor acha, professor? Qual foi a reação do turco? Apertou-me a mão e fechamos o negócio. Aliás, um grande negócio.

Enquanto Faivel falava, o grosso polegar automaticamente acariciava as narinas, e, à medida que crescia o entusiasmo, mais afundava o polegar.

— O que o senhor me diz, professor? Comigo é no *cash*.

BOM RETIRO

— Eu digo que deve tirar o dedo do nariz.

— Ah, ah...

Todos nós acabávamos rindo.

Bom rapaz esse Faivel. De fato, muito esforçado e inteligente.

Mamãe meteu na cabeça arrumar-lhe uma noiva. Faivel não dizia que não. Se fosse uma jovem de boa aparência, de boa família, ele estava disposto.

— Por que não? Eu bem que estou precisando de uma mulher na loja.

Um dia, o *chathen* convocado por mamãe apareceu em casa. Trocou um olhar com Faivel e foi direto ao assunto.

— Eu tenho uma moça que é uma jóia.

— Uma jóia?

— Sim.

— Pode-se saber que tipo de jóia?

— Ela tem curso ginasial completo.

— É gorda ou magra?

— Nem uma coisa nem outra.

— Não dá pra ser um pouco mais preciso?

— Meu amigo, creio que o senhor não me conhece. Quando eu digo jóia, pode-se fiar em minha palavra.

Conversa vai, conversa vem, ficamos interessados. Começaram os entendimentos e os ajustes. A coisa não se resolveu numa só reunião. Recado vem, recado vai, afinal o grande encontro foi marcado. Faivel iria encontrar-se com a moça para levá-la ao cinema.

Vestiu o melhor terno, lambuzou os cabelos com brilhantina. Mamãe arrumou-lhe a gravata. Meu pai deu-lhe alguns conselhos.

— Não se preocupe, professor. Com curso ginasial ou sem curso, Faivel, seu criado, dará conta do recado.

— Posso lhe pedir um favor, Faivel?

— Diga, professor.

— Por mais entusiasmo que ela venha despertar em você, pelo amor de Deus, não comece a cutucar o nariz.

18

Foi por esse tempo que o meu pai sofreu a sua crise capitalista. Uma tarde, entrou em casa trazendo novidades. Mamãe, que estava na cozinha, teve de parar o serviço para ouvi-lo.

— Estou farto de trabalhar como um camelo, de me rastejar como um réptil. Chega de ser *melamed* sem vintém. De hoje em diante, quero ganhar dinheiro.

— Calma, homem de Deus!

— O Schmuel Zulic me propôs um negócio.

— Schmuel Zulic, o corretor?

— Sim.

— É aquele que vive mastigando sementes?

— É esse mesmo.

— E o que foi que ele propôs?

— A compra em sociedade de um "ponto" na José Paulino. Abriremos lá uma loja.

— Uma loja?! Com que dinheiro?

— Não é preciso pagar tudo de uma vez. Naturalmente, temos de traçar todos os planos antes de fechar o negócio.

— Nunca pensei que desse para negócios!

— Schmuel Zulic disse que uma oportunidade como a que temos aparece uma vez na vida: é pegar ou largar.

— Não confio muito nesse sujeito, esses negócios não me cheiram bem.

— E acaso entende de negócios?

— Mesmo assim, não confio.

— Bem diz o ditado: quem não arrisca não petisca.

— Nunca julguei que fosse um dia ser lojista!

— Não é pelo dinheiro em si, mulher. Eu quero que você tenha mais conforto. Isso é crime? Nossos filhos poderão ter uma educação superior. Com independência econômica, teremos paz e liberdade. Paz para me dedicar aos estudos do *Talmud*, liberdade para que eu pense de acordo com a minha cabeça e não com a cabeça dos outros.

— Acho que é exatamente isso o que não terá. Nem paz, nem liberdade.

— Não adianta ficarmos aí discutindo. Em primeiro lugar, precisamos sentar à mesa com ele e examinar o plano todo nos seus detalhes.

— Quer que eu diga uma coisa? Não vou com a cara desse sujeito.

— E quer que eu diga outra coisa? Não se meta em negócios que não entende.

— Não estou gostando nada disso. Eu só queria saber o que foi que deu em você. Cadê o homem culto com quem me casei? Assim, tão de repente, resolve largar tudo, mudar de profissão, trocar algo seguro por um negócio no ar! Acho bom abrir os olhos com esse Schmuel Zulic.

Meu pai não gostou nada do que mamãe lhe disse.

Os dias foram passando, e lá em casa só ouvíamos falar de negócios, ajustes, Schmuel Zulic para cá, Schmuel Zulic para lá. Meu pai virou outro homem, simplesmente não o reconhecíamos; fazia contas e mais contas, discutia com mamãe, rebatia argumentos, acrescentava outros. Não dormia bem e acordava tossindo. Deixou de sorrir.

— Está vendo, homem de Deus! Nem paz, nem liberdade!

— Se eu for por sua cabeça, não sairei nunca deste atoleiro. — Meu pai bufava, sem querer ouvir.

— Nem sequer conhece bem esse Schmuel Zulic! — insistia mamãe. — Ele pode ser um vigarista, um ladrão, um trapaceiro, ou sei lá o quê.

— Ora, já vi mulher desconfiada...

Passou-se mais uma semana. E os temas continuavam os mesmos, acrescidos de tantos contos de réis, abertura de firma, guarda-livros, fiscais etc. Comecei a achar que isso de ser capitalista não era lá coisa muito agradável.

Meu pai já não agüentava mais. Um dia, voltou para casa pálido, branco como cal, não querendo conversar com ninguém. Mamãe assustou-se. Ele não dizia nada; permanecia calado, olhos distantes. Ela trouxe-lhe uma bebida e o pôs à vontade.

— Que foi que aconteceu?

— Está tudo terminado.

— Terminado?!

— Meu negócio com Schmuel Zulic está terminado. Não faço mais sociedade com ele.

— Por quê? O que houve?

Meu pai deu um suspiro e se dispôs a falar:

— Deus é grande. Ele não permitiu que eu caísse numa ratoeira. Schmuel Zulic chamou-me e me pediu um empréstimo. Disse que era por alguns dias. Se o diabo do homem me tivesse pedido mais, eu não teria desconfiado. Sabe quanto ele me pediu, o notável capitalista? Uns miseráveis mil-réis, para o aluguel atrasado da casa.

Sábado, 28 de junho de 1941

AMEAÇADA PELAS TROPAS GERMÂNICAS A CIDADE DE LENINGRADO

Berlim, 27 (HTM) — As forças germânicas alcançaram sucessos importantíssimos e decisivos em todas as frentes de batalha contra a Rússia e esses sucessos serão divulgados dentro de poucas horas.

A mais gostosa gargalhada do mês: *DOIS BICUDOS NÃO SE BEIJAM*, com Jack Benny e Fred Allen, no Art-Palácio, próxima segunda-feira.
Não percam, *ISSO MESMO, ESTÁ ERRADO!*, com Kay Kyser e Adolfh Menjou no Broadway, em breve.
A maior comédia dos últimos anos. *OS IRMÃOS MARX, NO TEMPO DA ONÇA*. Cine Metro orgulhosamente apresenta.

Teatro Boa Vista
Alma Flora
em
AMOR ...
(sob os auspícios da SNT do Ministério da Educação)
Hoje às 16 horas. Vesperal das Moças (a pedido geral) 3 atos
e 36 quadras inconfundíveis, de Oduvaldo Viana.

MEXERICOS DE HOLLYWOOD
— Howard Hughes e Marlene Dietrich encontraram-se num *party*, que o diretor George Cukor ofereceu a Talulah Bankhead, e recomeçaram o velho romance (o que teria acontecido com o romance dele com a Ginger Rogers?).
— Franchot Tone tinha combinado com Olivia de Havilland um jantar no "CIRO" para comemorarem o aniversário dele. Mas Olivia, nesse dia, se resfriou e teve de ficar na cama. Acham que isso embaraçou o nosso herói? Absolutamente. Com o maior *fair play*, apareceu na casa dela, carregado de comidas e flores, e jantaram lá mesmo, festejando a data.

19

Meu pai gostava de contar estórias dos seus tempos quando viera ao Brasil como professor das colônias judaicas nos distantes rincões do Rio Grande do Sul. Tais colônias eram formadas de imigrantes pobres, morando em casas de madeira, rusticamente construídas pelas próprias mãos.

A princípio, havia somente a sinagoga e a escola. O jovem professor, de vinte anos, que acabara de chegar da Europa, morava sozinho e sem parentes. Os colonos deram-lhe uma excelente acolhida, satisfeitos por ter, afinal, quem ministrasse instrução judaica aos filhos.

Aprendeu depressa a andar a cavalo e passou a usar botas quando vieram os lamaçais, na estação das chuvas. Com o surgimento de outro núcleo de imigrantes, na cidade vizinha, o trabalho dele aumentou consideravelmente; tinha de cavalgar todo dia uns bons dez a doze quilômetros.

De modo geral, a condução existente era mesmo essa. Nesses tempos, o fato de um representante da Companhia Colonizadora vir às colônias, dirigindo um automóvel, constituía grande novidade. Por isso mesmo, o tal sujeito era considerado por todos um personagem importante. Sempre que alguém precisava mandar cartas ao correio, comprar remédios na cidade ou conduzir um doente ao hospital, isso era tarefa dele. Mas cobrava caro os serviços.

Papai não tinha boa opinião desse funcionário. Contudo, como recebesse de suas mãos o ordenado, era obrigado a manter boas relações com ele. Sempre que o via descendo do "Ford-Bigode", lenço de gaúcho ao pescoço, e envergando o seu elegante chapelão de feltro, rangia os dentes.

Apesar da hospedagem generosa que recebia dos colonos, de comer grátis seus jantares e almoços, apesar de tudo isso, esse Crispim — chamavam-no Dr. Crispim — não tinha o menor pejo em cobrar deles preços extorsivos. Ele possuía uma tabela de honorários para tudo e, conforme a ocasião, ela podia ser bastante elevada. Mas os préstimos dele eram valiosos e ninguém se atrevia a reclamar.

Um dia, isso foi lá pelo fim do ano, meu pai precisava ir à escola da nova colônia para a cerimônia de encerramento do ano. Chovia a cântaros. Ao ver chegando o automóvel de Crispim, que fazia a costumeira ronda, teve idéia de pedir uma carona. Crispim desceu do veículo. Correu debaixo da chuva em direção ao meu pai.

— Com toda essa tempestade, quase ia passando direto — disse ele. — Estou indo para a festa da escola.

— Pois alegro-me, Dr. Crispim. Estou precisando justamente disso. Se me permite, gostaria de saber o quanto me cobraria por uma passagem até lá.

Ele não respondeu logo. Passou o lenço no rosto, ajeitou a vasta bigodeira, depois enxugou o chapelão. Reparou no terno novo do professor, nos sapatos engraxados e sacudiu a cabeça com um sorriso.

— Que tempo horrível, hein, professor? A viagem vai durar mais do que o costume. A cavalo, o senhor iria se molhar um bocado, não é?

Quando ele declinou o preço, meu pai mudou de cor. Era o dobro da tabela normal.

— Mas, Dr. Crispim...

— Se o senhor quiser viajar comigo, este é o preço.

Papai desistiu, teve de mudar de roupa, selou o cavalo e enfrentou a chuva que desabava cada vez mais forte. Coberto pela capa, saiu pela estrada, em cujo leito alagadiço ainda se viam as marcas do Ford.

Enquanto cavalgava, a cabeça enchia-se de idéias sinistras. A cada clarão dos raios que cortavam o ar e sumiam nas copas dos pinheiros, a imaginação dele incendiava-se mais. Desejou ver o automóvel do Crispim capotado à beira da estrada. Imaginou o vigarista com o nariz e os braços quebrados, sangrando como um porco. Pelo menos, um pneu furado ou algum enguiço no motor. Em sua imaginação, via o gorducho implorando para ajudá-lo.

Estava a mais da metade do caminho, quando avistou, bem no meio da pista, um chapéu. Uma lufada de ar certamente o arrancara do seu dono. Era um chapéu de abas largas, visivelmente de feltro estrangeiro. Agachou-se para apanhá-lo com a ponta dos dedos. Não havia dúvida, era do Crispim. A primeira idéia que o assaltou foi a de jogá-lo na enxurrada. Guardou-o, porém, debaixo da capa, continuando a cavalgar.

Ao chegar, foi direto ao homem. Este olhou surpreso para o rosto molhado do professor.

— Tenho aqui um sombreiro que encontrei na estrada.

Crispim examinou-o, depois sorriu.

— Pensei que não fosse mais encontrá-lo.

— Achei-o para o senhor, Dr. Crispim, é absolutamente grátis.

E deu-lhe as costas.

20

Quando Soschana, prima de minha mãe, mandou-nos, lá do Sul, a sua filha, Rebeca, tinha em mente uma só coisa: arrumar um noivo para Rebeca. Meus pais gostaram dela e lhe deram um tratamento carinhoso, como se dá a uma filha. Não se podia dizer que ela fosse bonita, mas, certamente, estava longe de ser feia; alta, magra, olhos pretos e inteligentes, nariz judaico ligeiramente aquilino, testa ampla, cabelo preto a lhe cair pelos ombros. Era uma jovem alegre, cheia de vida.

Papai arrumou-lhe logo emprego numa loja de modas, na José Paulino. Ela se sentia encantada com a vida na grande cidade; os olhos brilhavam de entusiasmo. À noite, ao voltar para casa, costumava contar a mamãe tudo o que se passara. O modo como atendia os fregueses. A confiança que seu chefe lhe demonstrava. As relações com as colegas.

Rebeca dormia em nosso quarto. De manhã, ao pular da cama, fazia exercícios sob os nossos olhares atentos. Eu e o meu irmão revelávamos espanto ante esses movimentos de pernas e braços.

— Seus bobinhos, é para ficar com o corpo bonito — dizia ela.

— E para que corpo bonito? — perguntava Srulic.

— Bem, quando você for moço, acho que saberá. Agora voltem o rosto para a parede, preciso me trocar.

Eu e meu irmão fixávamos os olhos na parede. Ficávamos imaginando o que ocorria às nossas costas.

— Pronto, estou vestida, podem olhar.

— Ah, agora não interessa, Rebeca — dizia Srulic, francamente.

Noite importante era quando havia baile no Círculo. Não era sempre que havia baile. Por isso, ao anunciar-se o baile, as jovens começavam seriamente a se preparar. Enquanto Rebeca ficava diante do espelho para os seus longos retoques, mamãe não perdia a vez de lhe dar conselhos.

— Uma moça não deve falar demais, deve deixar o rapaz falar. Uma moça deve ser delicada, rir discretamente, não demonstrar espalhafato.

— Está bem — dizia ela.

— Fique agora de pé, quero ver como está.

Rebeca começava a desfilar, imitando as manequins do cinema. As duas se punham a rir.

— Você está linda, é preciso ser muito idiota para não ver isso.

De regresso do baile, ela conversava com mamãe e lhe contava tudo.

Pouco tempo depois, como é natural, apareceu um rapaz. Chamava-se Chaim. Meus pais conheciam a família dele.

— Boa família — dizia meu pai.

— É um excelente rapaz — completava mamãe.

BOM RETIRO

Convidado, ele apareceu em casa, entrou na sala, sentou-se na poltrona e, enquanto esperava pela Rebeca, ficou conversando com meu pai. Eu e meu irmão observávamos o tipo. As orelhas acabanadas eram para nós uma atração, por isso não desprendíamos os olhos delas. Meu irmão sussurrava para mim:

— Então, esse é o que vai casar com a Rebeca?! Parece um palhaço.

O rapaz sorria, mostrando-nos seus dentes cavalares. Nós o olhávamos muito sérios. Quando Rebeca entrava na sala, o rosto dele se iluminava.

— Como está elegante, Rebeca! — dizia Chaim.

Ao saírem, ficávamos repetindo: "Como está elegante, Rebeca", e caíamos em gostosas gargalhadas.

O romance progrediu; já se falava até em noivado. Pouco tempo depois, porém, aconteceu o que ninguém esperava. Rebeca entrou em casa chorando. Correu para o quarto, com mamãe atrás dela, toda preocupada.

— Não vou sair mais com ele; considera-me uma moça pobre, sem dote.

Rebeca chorava convulsivamente, inconsolável.

Por vários dias, ao voltar do trabalho, jogava-se na cama e ficava de olhos fixos no teto, num total mutismo. Desapareceu sua alegria.

Não compreendíamos o que estava acontecendo. Não compreendíamos por que sofria tanto. Ao cabo de algum tempo, meu irmão e eu começamos a desconfiar de que era mesmo pelo fato de Rebeca não ter com quem casar. Srulic aproximou-se dela e lhe disse:

— Escute, Rebequinha, não fique triste. Quando eu for grande, caso com você.

Poucos dias depois, Rebeca, a filha de Soschana, voltava para o Sul.

21

"... foi dia de festa na escola, terminou o ano letivo. Ouvimos discursos e cantos. Os alunos recitaram poesias, receberam diplomas. Fui incumbido de declamar um soneto de Olavo Bilac, para o que me preparei o mês inteiro. Estava com medo de me esquecer na hora 'h', mas, mesmo assim, confiei em que desse tudo certo. Em verdade, na semana passada, ensaiei diante de minha professora. Ela achou que estava bem. Corrigiu-me alguns gestos e disse que todos iriam gostar. Sentia-me orgulhoso, meus pais também. A única coisa que me desgostava era a roupa que mamãe me obrigara a vestir, uma calça longa que vinha abaixo dos joelhos. Mas mamãe achou que estava bem; roupas novas, ela sempre nos compra um pouco mais compridas, sob o pretexto de que estamos crescendo. Bem, desta vez, achei que as calças estavam compridas demais..."

"... no momento em que anunciaram meu nome, levantei-me corajosamente. Passavam-me pela cabeça todos os versos que precisava dizer, todos os gestos que decorara. Os olhos do público voltaram-se para mim. Eu não conseguia distinguir bem os rostos, mas tinha certeza de que me examinavam cuidadosamente. Cochichavam entre si."

"... estavam ali diretores, professores, professoras. Nas primeiras filas, os alunos. Mais atrás, os pais e muitos convidados. Todos se preparavam para me ouvir. Postei-me no meio do palco, que me pareceu enorme, e comecei a declamar. De repente, risadas partiram do público. Elas aumentavam à medida que eu recitava. As risadas explodiam cada vez mais. Foi aí que perdi completamente o medo. Meus gestos, que a princípio foram tímidos, passaram a ser mais decididos; a voz ganhou maior timbre e volume. Aos poucos, o público começou a me ouvir com atenção e, quando concluí, houve aplausos generosos."

"Ao voltar para a cadeira da mamãe, ela me abraçou. Uma lágrima rolava pela sua face. Ajeitou-me a camisa e, depois, dando uma ligeira puxada nas minhas calças, suspendeu-as carinhosamente."

Terça-feira, 17 de fevereiro de 1942

Página feminina — Vestido de jérsei ou crepom escuro, guarnecido na pala com preguinhas cobertas de pespontos vivos ou brancos. Cinto de couro ou verniz. Para chuva, capa impermeável, em estilo clássico, com gola de cetim e almanares de seda.

Negocia-se em Washington novo empréstimo à União Soviética.

Segunda-feira — Art-Palácio, Fred Astaire e Rita Hayworth, *AO COMPASSO DO AMOR*.

Hoje — Bandeirantes, *BUCHA PARA CANHÃO*, Stan Laurel e Oliver Hardy.

Hoje — Cine Metro, *ANDY HARDY CAVA A VIDA*, Mickey Rooney e Judy Garland.

O Carnaval no Rio. A cidade está entregue aos folguedos que, desde sábado, lhe dão o aspecto característico desses dias. Tanto nas ruas como nos clubes, vai a mesma estrepitosa animação e os foliões são incansáveis, pouco ligando ao calor, que, aliás, parece dar-lhes mais ligeireza e alegria nas caminhadas intermináveis, na cadência das batucadas ao som das loas a Momo, enquanto, nos salões repletos, as danças são constantes, acompanhadas pelas músicas que mais caíram no gosto do público, como *Os Carecas*, o *Lero-Lero*, *Mulher do Padeiro* etc.

Às vezes, passava fome ao meu lado
E achava bonito não ter o que comer
Quando me via contrariado
Dizia: Meu filho, o que se há de fazer?

22

O meu caso com *Reb* Ianquel não foi dos mais agradáveis. Na qualidade de *choihet*, ele era um homem muito atarefado e, sem dúvida, uma figura importante no Bom Retiro. Podia haver profissionais tão bons quanto ele, mas confiar mesmo, os judeus religiosos, sobretudo os ortodoxos, só confiavam no Ianquel.

Metido no seu avental manchado de sangue, Ianquel atendia nas sextas-feiras a um sem-número de mulheres judias. Estas esperavam impacientes na fila em meio ao cró-cró de galos, galinhas, frangos e patos. Sua barbicha de duas pontas, de vez em quando, recebia respingos de sangue. Apesar da confusão, continuava risonho, não perdia de forma nenhuma a paciência.

— Mulheres, fiquem em fila. Uma de cada vez. Calma, calma, afinal de contas, eu sou um só.

A primeira vez que fui com mamãe levar a nossa galinha ao Ianquel, tomei um susto. Ao ver tanto sangue, o magarefe com uma faca ameaçadora na mão, tive ímpetos de sair correndo. Meu coração batia descompassado. Só sosseguei quando voltei para casa.

Em casa, todos se riram de mim. Mas a primeira impressão, infelizmente, ficou: Ianquel, para mim, ficou sendo um carniceiro, um matador.

Sempre que eu o via na sinagoga, olhava-o com receio. Seu sorriso, por mais amistoso que fosse, parecia-me um esgar, seus olhos tinham para mim o brilho de olhos alucinados. Quando eles se fixavam, casualmente, no pescoço de alguém, eu julgava que estivessem premeditando a melhor forma de degolar o coitado.

Uma vez, isso foi num *Iom-Tov*, estava eu com o meu pai na sinagoga. Ao fim do serviço, como é de costume, todos trocavam cumprimentos e votos de um bom ano. Foi quando vi o Ianquel se aproximar do meu pai, apertar-lhe a mão e dizer:

— Gut *Iom-Tov*, professor.

Depois, olhou-me, sorriu para mim e estendeu a mão. Senti-me como um idiota paralisado; minha mão estava dura e pesada, não conseguia simplesmente erguê-la.

Ianquel acariciou-me os cabelos.

Porém, a reação do meu pai não foi a mesma. De imediato, aplicou-me um tabefe, que me arrancou lágrimas.

Ao chegarmos em casa, mamãe teve de ouvir tudo o que meu pai não dissera na sinagoga.

— Queres saber da última do teu filho? Ele agora não dá a mão quando o cumprimentam. O pobre *Reb* Ianquel lhe estendeu a mão e ficou com ela no ar. Já viste um *cheiguetz* assim?

Sábado, 8 de agosto de 1942

SÉRIA ADVERTÊNCIA À POPULAÇÃO HOLANDESA

Estocolmo, 7 (HT) — Segundo os correspondentes dos jornais suecos em Berlim, o comandante das tropas alemãs que guarnecem os Países Baixos lançou uma séria advertência à população holandesa, para o caso em que as tropas inimigas tentassem um desembarque na costa desse país. "Cada pessoa deve saber" — declarou o comandante alemão — "que arrisca a vida se manifestar a menor tentativa que seja de emprestar ajuda ao inimigo. Em caso de desembarque, cada um deve ficar em casa e descer aos subterrâneos se se verificarem alarmes aéreos. Os que saírem pelos arredores serão imediatamente fuzilados."

Estocolmo, 7 (HT) — As autoridades alemãs na Holanda ordenaram que, durante a semana de 10 a 13 de agosto, seja proibida a posse de pombos-correio, com exceção dos que têm um anel na pata e que devem ser entregues aos prefeitos das comunas.

Domingo, 23 de agosto de 1942
O Brasil, em face dos atentados contra sua soberania, reconhece o Estado de Guerra com a Itália e Alemanha.

Rio, 22 — Pouco antes do meio-dia de hoje, foram chamados ao Itamarati o ministro da Suíça e o embaixador da Espanha. O Ministro Straversini e o Embaixador Fernandez Cuesta, na qualidade de representantes dos interesses, respectivamente, de alemães e italianos, avistaram-se com o chanceler Oswaldo Aranha. Foi rápida a entrevista. Ambos receberam das mãos do chanceler brasileiro a nota oficial em que o nosso país reconhecia o estado de guerra imposto pela Alemanha e pela Itália.

SANATÓRIO STª ISABEL — Doentes nervosos e mentais.

Metro Goldwyn Mayer apresenta:
RIO RITA, com Bud Abbot e Lou Costello.
CASEI-ME COM UM ANJO, com Janette MacDonald e Nelson Eddy.
BOÊMIOS ERRANTES, com Spencer Tracy, Hedy Lamarr e John Garfield.
UMA CABANA NO CÉU, com Eddie "Rochester" Anderson, Rex Ingram e Lena Horne.

23

A paróquia do nosso bairro tinha um belo campo de futebol. Naturalmente, invejávamos os meninos cristãos. Estes não só podiam jogar num campo desses, como recebiam camisetas de futebol com diferentes emblemas. Um dia resolvemos entrar, só para ver.

Entrar foi fácil. Para o nosso espanto, ninguém nos molestou. O campo de futebol era mesmo lindo. Divertimo-nos a valer.

Terminados os jogos, um padre começou a conduzir os garotos para o interior da igreja. E o pior de tudo, o portão da saída estava trancado.

Não havia mesmo outro jeito. Tínhamos de assistir à aula do catecismo. O padre era um homem simpático, de voz macia. Mas nós o ouvíamos preocupados. Temíamos que descobrisse nossa verdadeira identidade.

Eu me sentia arrependido de ter feito o que fizera. Por que será que tinha essa tendência de acompanhar os "aventureiros", ao invés de procurar ser como os outros, os "bonzinhos"? Eis uma pergunta que meu pai freqüentemente me fazia e que eu não podia responder. O fato é que me achava arrependido. Fiquei a imaginar como é que agora poderia escapulir.

Pedi sinceramente a Deus que me salvasse; em contrapartida, prometi que isso jamais voltaria a ocorrer.

Terminada a aula, um a um os garotos foram saindo. À medida que saíam, todos, sem exceção, beijavam respeitosamente a mão do padre. Dirigi-me a ele como um autômato. A cabeça dava-me voltas, o sangue me tingia o rosto de vergonha. de vergonha.

— Perdão, senhor padre. Não posso beijar a mão.

Ele compreendeu, mas fez que não percebera.

— Sou judeu.

— Ah, é! O que vieste fazer aqui?

— Eu queria ver o campo de futebol.

— Mais nada?

— Mais nada.

— Está bem, meu filho — disse ele, rindo. — Volte quantas vezes quiser. "Vinde a nós, as criancinhas", diz o Senhor. Este é o princípio da nossa religião.

— Estou contente com a minha, senhor padre — tive coragem de dizer. — A única coisa é que não temos campo de futebol.

Como o padre risse bem-humorado, não pensei duas vezes; voei para fora.

No entanto, a minha moral estava arrasada; pesava-me a culpa de um traidor. Desde que pusera o pé fora da paróquia, tinha a sensação de que uma galeria de figuras familiares fixava os olhos em mim, cada qual exprimindo uma mensagem. Meu pai olhava-me zangado; minha mãe observava-me com tristeza; meu velho mestre tinha um ar indagador; ao lado da sua tenda, o velho patriarca Abraão contemplava-me curioso, balançando a cabeça inconsolável.

Ao chegar em casa, estendi-me na cama, sem fôlego. Uma coisa, para mim, ficara certa: nunca voltaria a invadir seara alheia, por mais tentadora que fosse ou por mais futebol que lá houvesse.

24

Para nós, garotos, o mundo todo resumia-se no Bom Retiro. O que estivesse fora dele ficava tão distante quanto a lua. Não tínhamos queixas a fazer. Os problemas dos adultos não entendíamos e pouco nos afligiam. Contemplávamos a vida correr sem sobressaltos nem surpresas.

Os bêbados perambulavam pelas ruas. A "zona" prosperava na Aimorés. Penduravam-se em nossas salas de aula retratos de um presidente bonachão. Proliferavam as casas do "bicho". Ônibus e autos desengonçados trafegavam com a corcunda dos gasogênios no traseiro. Gente maltrapilha, esfomeada, desembarcava na estação. Tudo fazia parte de um cenário a que nossos olhos atentos já se tinham acostumado.

Estávamos sobretudo interessados em brincar. O resto tinha pouca importância. O futebol sempre fora para nós muito importante e o praticávamos em quaisquer circunstâncias, fosse na calçada ou no meio da rua, pondo em risco as vidraças da vizinhança. Por razões óbvias, o guarda-civil não concordava com as nossas peladas. Por isso, era preciso ficar sempre atento, olho firme na esquina de onde podia surgir o seu quepe azul. Quando o nosso olheiro soltava o brado de alerta, sumíamos com bola e tudo. Lembro que, um dia, não tive tempo suficiente de apanhar os sapatos.

Jogos de "bandido e mocinho" eram também muito divertidos. Corríamos uns atrás dos outros e sacávamos da cintura armas fictícias. À semelhança do que víamos nos filmes, usávamos máscaras, velhas meias de seda rasgadas. Experimentávamos a sensação de ser fortes e valentes.

Um dia, um dos nossos sugeriu a idéia de darmos um passeio pela "zona". Estávamos em pleno verão. O cheiro de folhas verdes andava no ar. Queríamos novas aventuras. Com o coração a bater em desespero, lançamo-nos à primeira.

O acesso à "zona" não apresentava muitos problemas. Havia um único guarda de ronda. Entramos correndo e nos refugiamos na primeira porta. Daí por diante, foi tudo fácil.

Assim, o nosso grupo percorreu-a de ponta a ponta, enchendo os olhos com tudo o que viu.

Eram duas ruas estreitas, que corriam paralelas, cheias de homens. Atrás das venezianas, mulheres vestidas com quimonos coloridos esboçavam acenos e gestos lascivos. Os seus estranhos movimentos faziam-nos rir. De vez em quando, deixavam entrever um pedaço de seio nu.

— Vem cá, benzinho, vem cá.

Careteávamos inocentemente diante daqueles olhos e daqueles lábios lambuzados.

Afinal, não havia nada de mais. Tudo correu bem até ouvirmos o apito do guarda. Este acabara de nos descobrir. Rápidos, alcançamos a saída no outro extremo da rua, sãos e salvos.

Que euforia! A "zona", para nós, não deixava de ser bastante divertida.

Terça-feira, 1º de setembro de 1942

Fixadas normas para as entidades sindicais na vigência do estado de guerra no País. Não se poderão filiar a quaisquer movimentos, mesmo cívicos.

Rio, 31 — Em face do decreto assinado pelo chefe do governo deixam de vigorar várias partes da Constituição Federal. Entre os parágrafos suspensos, figuram os de irretroatividade das leis penais e manifestação do Pensamento. Poderes conferidos ao chefe da nação.

Rio, 31 — Assinado pelo chefe do governo decreto facultando aumento nas horas de trabalho. Fixada a duração normal de dez horas.

CASA DE SAÚDE "Dr. Bierrenbach de Castro"
Moléstias Nervosas

NEPTUNO Sardinhas. Verdadeira glória da indústria brasileira.

Terça-feira, 6 de outubro de 1942

Goering declara que o Exército alemão será alimentado, mesmo à custa dos países conquistados.

Zurich, 4 (R) — "O povo alemão está envolvido na mais difícil guerra e a única divisa é trabalho e combate e novamente trabalho e combate. A colheita de batatas este ano é a melhor e a maior já realizada na Alemanha. Passamos os tempos das maiores dificuldades no que se refere à situação alimentar. De hoje em diante, essa situação se tornará cada vez melhor", declarou o Marechal Goering.

CASA DE SAÚDE "Dr. Bierrenbach de Castro"
Moléstias Nervosas

Boa noite, trabalhadores do Brasil

25

O bêbado Popaiê era parte integrante da paisagem natural do Bom Retiro. Não que fosse o único; era o mais apelativo de todos. Lituano alto, magro, rosto cortado por uma feia cicatriz, faces inchadas, pele seca e olhos vermelhos, tinha o aspecto, mesmo quando sóbrio, de um bêbado. Saía do botequim entoando uma cantoria:

— Po - pa - iê, Po - pa - iê.

Daí o apelido. Dizia-se que, em sua terra, fora um homem de bem e muito culto. Fugira por razões políticas. Não sabíamos mais do que isso.

Num porão, ele morava com a mulher e o filho. Este tinha uns nove anos, e nós o chamávamos de Lituaninho. Menino quieto, raramente participava das brincadeiras do nosso grupo. Ajudava a mãe carregando a roupa que ela lavava para a vizinhança. Não me esqueço de sua figura franzina a sumir atrás das altas trouxas. Às vezes, parava para ver o que fazíamos, mas só por pouco. A cabeça dele, que era grande, contrastando com o corpo miúdo, convertia-se num motivo constante de brincadeiras.

— Deixa dar uma cocada, Lituaninho?

Ele abaixava os olhos e ia embora. Não o fazíamos por mal, era apenas um modo de demonstrar a nossa amizade.

Nos últimos tempos, Popaiê dera de beber a ponto de cair. Ao esborrachar-se em plena rua, era de ver o pequeno correndo avisar a mãe. A custo, traziam-no para casa, enquanto ele berrava furioso, procurando atingi-los com os punhos. De dia para dia, piorava o seu estado e aumentavam cada vez mais as bebedeiras. A garotada divertia-se com ele, não lhe dando sossego.

Uma vez, a "jardineira" tirou-o de circulação por um longo período. Ela apareceu de repente, trancou-o e foi-se embora. Lituaninho viu como arrastavam o pai, viu como abriram as portas e o jogaram para dentro. Os olhinhos piscavam aparvalhados, indo dos homens da lei para a figura da mãe, que se debatia entre apelos e lamúrias.

Popaiê regressou doente. Corriam rumores de que estava à morte. Mas não foi verdade. Dentro de pouco, restabeleceu-se, ficou de pé e voltou a beber.

Uma tarde, jogava eu bolinha de gude em frente de casa, quando dei por perto com o Lituaninho. Seus olhos brilhavam fascinados com a cor das minhas bolinhas. Aliás, eu me encontrava verdadeiramente "rico", ganhara uma porção delas. A cada movimento que fazia, tilintavam no meu bolso. Não sei por que, tirei uma e a joguei para ele.

Daí a nossa amizade, se é que se pode chamar de amizade o que nasceu entre nós. Uma vez, cheguei mesmo a lhe exibir minha coleção de figurinhas de futebol. Conversar, em verdade, não conversávamos. Ao avistá-lo de longe, acompanhava-o com os olhos, ao que ele retribuía com um vago sorriso.

A partir de então, passei a sentir aflição pela sorte dele. As cenas de rua, envolvendo o seu pai, não mais me divertiam como antes. Eu corria de volta para casa, indo refugiarme no fundo do quintal. Era como se existisse um traço invisível entre nós.

Certa noite, a vizinhança acordou sobressaltada. Vinham gritos do porão. Não se sabia ao certo o que estava ocorrendo. Uma viatura policial estava parada em frente da casa. Vários soldados afastavam os curiosos.

— O desgraçado queria matar a família — dizia alguém.

— É um louco.

— Um bandido.

Do porão, três homens fardados puxavam Popaiê pela cabeça e pelos pés. Ele escoiceava e urrava como um animal. Um dos policiais batia-lhe na cabeça com um cassetete de borracha. Atrás, vinham a mulher e o filho. Ela, com roupas rasgadas e marcas de vergalhões nos braços.

A fúria dos soldados aumentava diante da resistência do bêbado. Um deles gritou para o que empunhava o cassetete:

— Acerte na nuca, mate este filho da puta.

Com a voz em falsete, puxando o braço do soldado, o menino implorava:

— Por favor, não mate meu pai.

Quando a viatura partiu, a multidão se recolheu. O caso estava encerrado. O silêncio voltou a reinar em nossa rua.

26

Meu pai não freqüentava a roda íntima do Rabino, mas havia relações cordiais entre eles. Como o primeiro recebesse jornais *idish* da Argentina e o segundo, de Nova York, mantinham um constante intercâmbio, do qual fui designado portador, o leva-e-traz. Daí a minha oportunidade de estreitar laços com o rabino e de conhecer a casa dele.

A primeira vez, quando cheguei lá, dei-me conta de que esquecera o que me mandaram dizer. Encontrei-o sentado à mesa, tendo junto de si, à direita e à esquerda, figurões que estudavam o *Talmud*. Fiquei por um longo tempo ouvindo atentamente os argumentos de uns e de outros, acompanhando fascinado os movimentos dos seus polegares.

Então, o rabino avistou-me e me chamou com um gesto. Todos os olhares fixaram-se em mim.

— Sim, jovem, o que deseja? — perguntou.

— Papai me mandou aqui falar com o senhor.

— Pense um pouco. O que foi mesmo que seu pai mandou dizer?

— Acho que se trata de algum negócio de jornais — confessei, francamente.

Os figurões explodiram numa formidável gargalhada. Fiquei bastante perturbado.

— Silêncio — gritou o rabino. Depois, com um sorriso: — Vem cá, meu jovem. Já sabe ler o *humesch*?

— Sim, estou no Gênesis.

— Ah, bem! Saberia me dizer qual o nome da esposa de Abraham Avinu?

— Sara.

— Sara?! Mãe Sara, não é?

— Mãe Sara.

— Muito bem. Agora, me diga qual o nome do filho de mãe Sara?

— Itzhac.

— Vocês vêem? É um rapaz muito estudioso.

Deu-me palmadinhas no rosto, depois me entregou um maço de jornais de Nova York.

— Volte sempre. Terei o máximo prazer de conversarmos, ouviu? Quem sabe poderemos estudar juntos o *Talmud*.

Olhei para a roda dos figurões e saí todo lampeiro. Isso, para mim, queria dizer que o rabino me considerava de igual para igual. Contei o fato ao meu pai, que ficou satisfeito.

Terça-feira, 16 de fevereiro de 1943

Forças alemãs iniciaram um ataque na região Sul da Tunísia. A operação das tropas nazistas visa a impedir a junção dos exércitos aliados na África.

Argélia, 15 (R) — As notícias procedentes da frente tunisiana informam que o ataque em grande escala lançado pelo "eixo" já está completamente dominado. Prossegue o avanço do 8º Exército Britânico.

Cine Art-Palácio - *ADORÁVEL VAGABUNDO*, filme dirigido por Frank Capra, com Gary Cooper e Barbara Stanwyck.

Hollywood (UP) — O ator Harpo Marx, do grupo dos irmãos Marx, tem o propósito de se transferir para a Inglaterra, a fim de participar em representações destinadas a entreter os soldados norte-americanos em serviços de guerra. Espera conhecer ali Bernard Shaw, de quem é grande admirador.

A TODOS OS POSSUIDORES DE VEÍCULOS AUTOMOTORES:

A Comissão Estadual de Gasogênio dando cumprimento a instruções superiores, visando a prevenir e reduzir as conseqüências do agravamento da crise de transportes, previsto para futuro próximo, recomenda e apela a todos os possuidores de veículos automotores, utilizados em transportes essenciais, para que providenciem com urgência a adaptação de gasogênio.

JEAN SABLON — Sensacional temporada. Novos sucessos do famoso cantor parisiense.
Vibrantes canções de amor!
ELVIRA RIOS — A maior intérprete da canção mexicana.

Teatro Santana — MARGARIDA MAX e sua grande Companhia de Revistas.
MARCHA SOLDADO!
A super-revista de charges políticas, original de Freire Júnior.

Cine Metro — *CASEI COM UM ANJO*, com Janette Macdonald e Nelson Eddy. 2 últimos dias.

Moscou, 15 (UP) — Informou-se que Rostov foi conquistada pelo General Malinovsk, o herói da Batalha do Manich, a oeste de Stalingrado, e que resistiu aos alemães durante um mês na região de Dnieper-Petrovoc. O General Malinovsk, de 44 anos, é natural de Odessa e, durante a guerra mundial passada, combateu ao lado dos americanos e ingleses em Reims e Amiens.

27

Professor um raio maldito partiu a minha cabeça o que eu nunca pude imaginar foi acontecer comigo minha filha Ruchl se envolveu com um goi não me pergunte quem é ele que importa quem é é um goi ela o conheceu lá no colégio acredito eu bem que avisei a Iente minha mulher que isso não era lugar para nossa filha preguei no deserto aí está o resultado ontem o pai do infeliz veio à minha oficina conversar comigo um juiz ou coisa que o valha veio me convencer de que eu devia consentir de bom grado no casamento de minha Ruchl com o filho dele imagine só veio me convencer como é que se pode explicar a um goi certas coisas que eu Leibl nada tenho contra ele nem contra o seu filho porém quanto a casamento isso já é pedir demais não posso aprovar implorei em nome de Deus em nome da misericórdia humana em nome de tudo quanto é santo que o impedisse chorei todas as minhas lágrimas mostrei-lhe minhas calejadas mãos de operário que toda vida se sacrificou para manter um lar decente levar a família na tradição e que por isso não merecia tal sorte e sabe qual foi a reação do homem riu-se na minha cara sim riu-se como alguém que goza uma piada ou tem cócegas em todo o corpo depois ele se saiu com essa ridículo ridículo repetia e continuava rindo rindo como ridículo perguntei-lhe ridículo o quê ah professor deixe-me fazer uma pausa o coração me dói tudo o que eu tive de ouvir ele me disse eu juiz que provenho duma família de juízes eu vá explicar a um goi *certas coisas não não pude rebaixo-me a vir falar com o sapateiro disse ele só porque o toupeira de meu filho quer casar com sua filha ah o que eu ouvi professor esse sapateiro é de mim que ele fala tem a petulância de implorar que lhe salve a filha vá explicar ridículo ridículo exclamava o juiz continuei implorando mas qual por fim ele me atirou estas palavras o senhor já avaliou o que esse casamento significa para mim com que cara vou ter de enfrentar a sociedade isso disse ele e quanto a mim como é que poderia explicar o meu ângulo afinal de contas o meu problema é muito maior do que o dele se ele não tem cara para enfrentar a sociedade nesse caso pergunto se Ruchl minha filha se casa com um* goi *com que cara Leibl ben Iacov irá enfrentar* Adonai Elokeinu *diga diga professor.*

28

Com a aproximação da data festiva em que se comemora o *Bar-Mitzva*, ocorre sempre, na maioria dos lares judaicos, contratar-se um *melamed* para incutir na cabeça do barmitzvando as *brachot* da *Torá*, bem como a *parshe* da semana e o costumeiro discurso, conforme manda a tradição. Com isso, o *melamed* defende os seus "extras". Sou testemunha, porém, de quão difícil se torna ganhá-los, pois justamente meu pai, bom e infatigável *melamed*, também tinha de recorrer a esse expediente, após árduo dia de trabalho na escola.

Sentia especial orgulho das aulas particulares que dava aos filhos dos Pafers, uma das famílias judaicas mais ricas de São Paulo. Os Pafers moravam longe do Bom Retiro, nos confins de Vila Mariana. O bonde que o conduzia para lá, ao fim da tarde, vinha sempre apinhado de passageiros, com gente pendurada nos estribos. Lembro-me da vez em que papai voltou machucado em razão de uma queda que sofrera.

Os Pafers tinham muita consideração pelo professor. Este, por sua vez, fazia tudo pelos alunos.

Não sei por que, um dia, papai levou-me junto à casa dos Pafers. Foi para mim um assombro, nunca vira casa tão luxuosa.

Fiquei no *living*, enquanto ele dava a aula no quarto dos meninos. Admirei as belas cortinas, os quadros nas paredes, os finos móveis de estilo e me senti muito pequeno nesse ambiente amplo e requintado.

Quando Madame Pafers entrou, levantei-me educadamente e lhe dei a mão. Impressionou-me o seu sorriso amável, a delicadeza de suas mãos, brancas e macias.

Perguntou-me se eu aceitava um pratinho de pudim. Um criado de libré trouxe-o numa bandeja. Enquanto ela me observava, tratei de me servir. Não foi fácil. O pedaço de pudim teimava em me escapar do garfo. Quando papai voltou, estava eu ainda travando batalha.

Notei que papai, ao falar com Madame Pafers, selecionava as palavras, procurava ser muito delicado. A conversa girava em torno da festa do *Bar-Mitzva*, marcada para dentro de poucas semanas. Depois, recaiu sobre mim.

— Que rapaz educado o senhor tem, professor!

A essa altura, eu já deveria ter posto o pratinho de volta à mesa. Mas a tentação é uma coisa terrível: restava ainda o caldo do pudim. E como é difícil tomá-lo com um garfinho de prata!

Na rua, meu pai me disse:

— Isso são maneiras? Devia deixar ao menos alguma coisa no prato.

— Por quê, papai?

— Ora, por quê?!

— Estava tão bom. Não era para comer tudo?

Quinta-feira, 18 de fevereiro de 1943

Londres, 17 (R) — A seção britânica do Congresso Mundial Judaico acaba de ter abundantes informações de que as autoridades nazistas baixaram novas ordens para acelerar o extermínio dos judeus que ainda se encontram na Europa ocupada — mediante a carnificina em massa e a fome — frisa a seção. Na Polônia, 6.000 judeus estão sendo massacrados diariamente numa única região. Dos 430.000 judeus que residiam em Varsóvia não resta nenhum. Todos foram "exterminados".

Cine Lux — *NO MUNDO DA CAROCHINHA*, desenho.
Cine Mundi — *O HOMEM QUE VENDEU A ALMA*, com Walter Huston e James Craig.
Cine Metro — *TARZAN CONTRA O MUNDO*, com Johnny Weissmuller e Maureen O'Sullivan.
Cine Rosário — *ROSA DE ESPERANÇA*, com Greer Garson e Walter Pidgeon.
Cine Broadway — *CONFISSÃO*, com Hugo del Carril.

Londres, 17 (R) — Os nazistas afirmam que Berlim deve ficar "limpa" de judeus até o dia 21 de março, o mesmo acontecendo no Protetorado da Boêmia e Morávia.

Carnaval Odeon, 4 dias e 4 noites alucinantes.

29

Tínhamos no relógio da Estação Sorocabana o nosso Big-Ben. Acertávamos as horas e regulávamos todos os movimentos de acordo com os seus gigantescos ponteiros. De qualquer ponto do Bom Retiro, podia ser visto ou ouvido. Suas badaladas anunciavam ruidosamente tempos felizes e infelizes, de acordar ou de dormir, de almoçar ou de jantar, de nascer ou de morrer.

Uma única vez, enganou-me, mas não que fosse por culpa dele.

Eu precisava acordar cedo para a aula de Educação Física, que por esse tempo se tornara obrigatória na escola. Geralmente, era mamãe quem me acordava, mas, daquela vez, coisa não muito comum, meus pais tiveram de viajar, ficando o despertar por minha conta e responsabilidade. Por isso, procurei naquela noite deitar-me mais cedo, preocupado com o horário. Afinal, acordar às seis da manhã não era sopa e, quando penso que estávamos no inverno, chego a julgar que fosse algo, de fato, corajoso. Contudo, acordei.

· Ainda meio tonto de sono, a primeira coisa que fiz foi abrir a veneziana para ver as horas no grande relógio. Cinco para as seis. Tudo escuro. No céu, reluziam algumas estrelas tardias. Na rua, um silêncio mortal. Ótimo!, pensei comigo. Que pontualidade! Lavei-me e vesti-me. Sentia a satisfação íntima do dever cumprido. Precisando acordar às seis, pulara da cama pontualmente cinco para as seis!

Peguei a pasta dos livros e aprontei-me para partir, mas, nisso, uma idéia me passou pela cabeça. Havia algo de muito estranho com o nosso Big-Ben, ainda não ouvira as suas seis badaladas. Ora, que mistério?!

Precisamente nesse momento, o Big-Ben começou a se manifestar. Bom, bom, bom. Boas e sonoras badaladas. Isso não deixava de ser mais estranho ainda. Estranho, porque elas deviam ter soado há pelo menos meia hora. O pior de tudo é que, em vez de seis, podia jurar que ouvira doze. Doze?!

Corri para a janela, vestido como estava, e olhei atentamente para o relógio. Lá fora, reinava a noite escura e um céu recamado de estrelas. Com surpresa e espanto, verifiquei que os dois ponteiros estavam superpostos no mesmo número. O número doze.

Compreendi o engano: não fora cinco para as seis o que eu vira; apenas onze e meia da noite. Eu acordara com antecedência de seis horas e meia.

30

Ainda com respeito às aulas de Educação Física, para as quais era obrigado a acordar cedo, lembro-me de outro episódio. Foi numa dessas frias manhãs de junho, quando saía de casa rumo da escola, soprando vapor pela boca, e mal podendo segurar a alça da pasta, devido aos dedos enregelados. As ruas estavam escuras. Uma forte neblina pairava por entre as árvores do Jardim da Luz, através do qual era obrigado a passar para atingir a José Paulino, onde tomava o bonde. Ao fazê-lo, meu coração de garoto se agitava, e creio mesmo que o medo me fazia tremer mais do que o frio. Mas, fosse pelo frio ou pelo medo, batia tanto os dentes que acabava compondo uma série de ritmos, no que, aliás, me tornara verdadeiro especialista.

Em cada sombra, via um fantasma, em cada farfalhar, um desastre provável. Relanceava escrupulosamente os olhos de um lado para outro, procurando enxergar através da neblina o caminho que não tinha fim.

Estava assim andando, numa dessas manhãs, quando me surge pela frente um negrão mal-encarado, com quase dois metros de altura. O pior é que ele vinha decididamente em minha direção.

Não havia dúvida. Seus passos apressados avançavam para mim. Bem, pensei comigo, está na hora de fazer minhas despedidas: adeus, vida! adeus, escola! adeus, amigos! adeus, aulas!

— Me dá uma esmola aí — disse ele.

Era um vozeirão de meter medo. Enfiei rapidamente a mão no bolso e mal consegui balbuciar:

— O senhor aceita passe escolar?

31

Foi por esse tempo que meus tios Paulo e Bila vieram morar em São Paulo. Eu já os conhecia pelas fotografias do álbum de mamãe, bem antes de se transferirem para cá, no Bom Retiro, perto de nossa casa.

Através do álbum, que eu costumava folhear, formara uma opinião curiosa a respeito deles. A pose em que o tio Paulo aparecia com um chapéu-palheta, bigode terminando em ponta, ao lado da tia Bila, metida no seu elegante casaco de astracã, bulia com minha imaginação e me dava a idéia de um desses pares românticos, que figuravam nos cartazes do cinema. Ele, esguio, vasta cabeleira crespa, bem penteada, trajando terno elegante, rosto expressivo e alegre. Ela, alta, morena, corpo cheio, como convinha ao gosto da época, testa ampla e um ar bem decidido. Constituíam um casal jovem, amoroso, que, aliado ao fato de não esconder sua queda pela chamada vida mundana, e certo desdém pelo tradicionalismo, despertava a ironia de meu pai, indo mesmo ao ponto de provocar a sua desconfiança.

— Esse poeta e sua diva, espero que não nos dêem problemas.

Mamãe não gostava de ouvir tais indiretas.

— Bila tem diploma de enfermeira. Sabe o que significa um diploma desses na Europa? E, quanto a Paulo, é um homem de Letras, seus versos são publicados até mesmo nos jornais de Buenos Aires e Nova York.

O fato é que Bila e Paulo, com sua vinda a São Paulo, trouxeram novas cores ao nosso quadro familiar. Tio Paulo teve de se conformar com um emprego numa modesta tipografia, a única que servia aos judeus do Bom Retiro; pôs de lado os seus pendores literários e passou a redigir prosaicos convites de casamento e cartões comerciais. Nas nossas festividades, porém, continuava a mesma criatura alegre e espirituosa, representando monólogos, recitando versos com gestos esparramados e grandiloquentes. Sua cabeleira se agitava, seu rosto tomava expressões, ora trágicas ora cômicas; seus olhos brilhantes provocavam em mim, que era seu admirador, um encanto especial, deixando-me como que hipnotizado.

Nas férias do meio de ano, tia Bila me arrebatava dos meus pais. Eu passava esse período em sua casa. Quando digo "casa", creio que não estou sendo muito exato, tratava-se na verdade de um quarto de pensão. A única coisa maravilhosa que possuía era um minúsculo terraço, onde nos refugiávamos após o jantar; ficávamos lá, eu e o tio Paulo, a contemplar as estrelas, enquanto ele tirava baforadas de seu cachimbo.

— Você sabia? — dizia-me. — Há mais estrelas no céu do que grãos de areia nas praias.

Quando ele começava desse modo, eu já sabia o que isso significava. Iria me fazer uma longa dissertação. Para ele, o homem não passava de um insignificante verme a se rastejar na superfície do Planeta. Este, também insignificante, como parte de uma modesta constelação, em meio a um incomensurável universo.

Mais tarde, tia Bila vinha nos propor um passeio pelo Jardim da Luz. O Jardim visto à noite tinha para mim um

BOM RETIRO

encanto especial: os chafarizes luminosos, os peixinhos dourados mexendo a cauda, o homem da pipoca, o cheiro das folhas verdes, os patos brancos deslizando no espelho d'água, os pares de namorados sentados nos bancos, e a brisa da noite. Em meio a isso tudo, ficávamos ouvindo os arroubos poéticos de tio Paulo.

— Bila, minha querida, este mundo seria tão belo se não fossem as tipografias — arrematava ele.

Ia com eles ao cinema, de noite, e voltávamos para casa chupando sorvete. Tudo o que era proibido, podia fazer. Eu começava a desconfiar de que havia uma porção de coisas que valia a pena fazer.

Numa dessas minhas gostosas férias, um dia, tio Paulo irrompeu, todo eufórico:

— Que tal passarmos um fim-de-semana nas praias de Santos? Bila, arrume já a mala. E você — disse, dirigindo-se a mim —, corra já pra casa buscar sua roupa.

Não foi preciso dizer mais nada, saí como uma bala. Praia, mar, viagem de trem, meu Deus! Isso parecia um sonho. Entrei em casa batendo a porta.

— Mãe, vou pra Santos. Depressa, minhas roupas.

— Santos?! Quem inventou essa *mechigass*?

— Tio Paulo resolveu nos levar pra Santos.

Nisso apareceu o meu pai.

— O que há por aí?

Comecei a perceber que as coisas não estavam caminhando bem. Meus pais se reuniram no outro quarto e discutiram longamente. Depois, papai voltou e disse:

— Não, você não vai a parte alguma com esses malucos.

Não havia o que fazer. Minha sorte estava lançada. Afinal, tudo não passara de um sonho. Mas aí é que aconteceu o milagre.

No quadro da porta surgiu, de repente, a figura soberba de tia Bila.

— O garoto está passando as férias conosco. Enquanto ele estiver comigo, eu é que mando, entendem?

Até que ponto eles exerceram influência no menino que eu era, não poderia dizer com precisão. A verdade é que lamentei como ninguém o pouco tempo que ficaram em São Paulo. Com o fechamento da tipografia, resolveram procurar novos ares. Um belo dia, os dois partiram alegres e barulhentos, do mesmo jeito que vieram.

Não podia entender as observações que se faziam lá em casa:

— Coitados! Pobres barcos sem rumo! *Leidig-gueiers!*

Quinta-feira, 9 de setembro de 1943

Em proclamação ao povo italiano, o Marechal Badoglio reconhece a impossibilidade de continuar a guerra contra as Nações Unidas.

Londres, 8 (R) — É a seguinte a declaração oficial sobre a rendição da Itália, emitida pelo General Eisenhower, em nome do Quartel General Aliado no Norte da África: "O governo italiano autorizou a rendição incondicional de todas as suas forças armadas. Na qualidade de comandante-chefe das força aliadas, eu, o General Dwight Eisenhower, concedi o armistício militar nos termos que foram aprovados pelo Reino Unido, Estados Unidos e União das Repúblicas Soviéticas Socialistas".

CIGARROS FLÓRIDA — São bons de fato.

Mundo Musical — "VIDA DO CANTADOR", colaboração de Mário de Andrade.

Este é o nosso inimigo!
30 minutos de verdades cruéis. Ouça este empolgante programa para conhecer melhor o inimigo que estamos combatendo. HOJE, às 21:30 h. pela RÁDIO RECORD PRB-9 1.000 Kcs.

RELÓGIOS... Passou, olhou, entrou e comprou...

Terça-feira, 5 de outubro de 1943

Q.G. Aliado do Norte da África, 4 (R) — Foi oficialmente anunciado que as tropas do 8º. Exército desembarcaram em Termoli, no Adriático.

Moscou, 4 (R) — A rádio informa que as forças russas estão atacando as localidades que cercam o golfo de Tamã, abrindo caminho para o estreito de Querch. Sterotitovcaia, a 9 quilômetros a Sudeste de Temrin, foi reconquistada pelos russos.

GOEBBELS fala sobre os últimos acontecimentos na frente russa: "As sucessivas retiradas alemãs são produto de ousada e superior estratégia. As Fortalezas Voadoras ainda se transformarão em urnas funerárias voadoras".

Rir, rir, rir...
— *A DUPLA VIDA DE ANDY HARDY*, com Mickey Rooney, no Metro, próxima quinta-feira.

32

O retrato ficava bem no meio da parede da nossa sala de jantar, em frente da mesa. Tratava-se de um desenho antigo, feito a lápis-*crayon*, com uma armação de vidro e uma grande moldura dourada de estilo. Nele, o meu avô aparecia exibindo a sua longa barba preta e um par de óculos sem aro; os olhos, grandes e luminosos, dominavam o rosto. Algumas rugas na testa emprestavam-lhe um ar mais sério, em contraste com a expressão da boca, que continha um meio-sorriso.

Desde que me conhecia por gente, o retrato esteve sempre lá. Tão acostumados estávamos com ele, que passava despercebido, como qualquer outra coisa comum da sala. Mas, no meu caso, não era bem assim.

A grande mesa da sala era normalmente a mesa em que costumava fazer as lições. Diariamente, punha os livros e cadernos sobre ela, ficando ali debruçado por várias horas, até à conclusão do trabalho. Por vezes, meio distraído, olhava para o retrato, dando, então, com seus grandes olhos, que me fitavam seriamente atrás das lentes. Tinha a impressão de que estavam interessados em tudo o que eu fizesse; não me deixavam por um instante. Como eu tivesse o hábito de repetir os pontos andando de um lado a outro da sala, podia mesmo perceber como eles me acompanhavam; não só os olhos, como todo o rosto. Viravam-se em minha direção e me seguiam virtualmente. De tal modo eu sentia a presença do meu avô que, com o tempo, comecei a travar, a bem dizer, um diálogo mudo com ele.

Contava-lhe as minhas dúvidas, sugeria-lhe os meus problemas, segredava-lhe os meus planos e as minhas aventuras. Às vezes, na véspera de exames, eu ficava estudando até altas horas da noite. Na casa, reinava um grande silêncio. Todos dormiam. A sós com os livros, procurava rever os últimos pontos. Quando, já exausto e cabeceando de sono, detinha-me numa breve pausa, surpreendia aqueles grandes olhos postos em mim, como que me contemplando curiosamente.

Creio que poucos lá em casa se importavam com o retrato. De minha parte, conhecia-o tão bem que seria capaz de o reproduzir nos menores detalhes. Saberia dizer de cor o número de rugas que havia na testa, o corte dos cabelos e da barba, o estilo dos óculos, a luz dos olhos, a forma das orelhas e do nariz. No entanto, de tempos em tempos, podia jurar que ele sofrera algumas modificações. As rugas, ora me pareciam mais profundas, ora menos; o meio-sorriso, no canto dos lábios, vinha substituído por uma expressão diferente, quase que triste; os óculos montados no nariz, tinham mudado ligeiramente de posição. Mas eram diferenças tão insignificantes que eu ficava na dúvida. De uma coisa, porém, me sentia absolutamente certo: a barba. Sempre a julguei preta; uma barba preta de profeta. Não tinha dúvida quanto a isso. E foi, para mim, um verdadeiro choque, quando, uma noite, ao fixar os olhos no retrato, particularmente na barba, descobri uns reflexos. Aproximei-me e a examinei de perto. De fato, lá estavam alguns fios grisalhos. Não os teria visto, antes? Nasceu-me a suspeita. Fiquei matutando vários dias, até que resolvi tirar o assunto a limpo. Comecei a fazer indagações, usando uns rodeios para não dar muito na vista.

A primeira pessoa abordada foi mamãe. Ela estava sentada costurando na sua velha máquina.

BOM RETIRO

— Não reparou nada no retrato?

— Que retrato?

— Do vovô.

— Que tem o retrato?

— Não acha que a barba está um pouco diferente?

— Diferente? Como?!

Ela levantou a cabeça, olhou-me e depois olhou para o retrato.

— Que é que você vê de diferente?

— Não acha que estão aparecendo alguns fios brancos?

— Ora, essa! Esses fios sempre foram brancos.

— Mas, mamãe, a barba de vovô era preta!

Mamãe riu-se em voz alta; não insisti mais.

Outra noite, abordei o meu pai. No momento em que ele abaixou o jornal, entrei com a conversa. Perguntei, de início, quem havia desenhado o retrato e quando o trouxeram. Quando achei que papai já estava suficientemente preparado, entrei direto no assunto:

— Não nota nenhuma diferença nele?

— Como assim?

— A barba tem fios brancos; não existiam antes.

— Você deve estar maluco, sempre existiram fios brancos.

Dizendo isso, deu uma rápida olhada para o retrato e, em seguida, retomou o jornal. Suas palavras foram incisivas, não deixavam margem a nenhuma dúvida.

Mas, não larguei de mão as investigações. Fui em frente. Apenas havia desistido de meu pai. E assim passei a outro membro da família.

É verdade que, com este, nada tinha a recear; em compensação, não me pareceu que iria conseguir grande coisa. O meu irmão Srulic.

— Srulic — disse-lhe, quando estávamos a sós —, preste atenção no que vou dizer. Olhe bem para o retrato do vovô e me diga como é que era a cor da barba dele.

Os olhos de Srulic brilharam, ele se sentiu orgulhoso pelo fato de eu estar lhe dirigindo a palavra tão educadamente.

— A cor?!

— Sim, a cor.

— Cor?!

— Então, não sabe o que é cor? Branco, preto, azul, vermelho, roxo. Você entende?

Eu vi logo que não, desisti dele.

Continuei minha investigação com as demais pessoas que costumavam entrar em casa. Falei com todas, sem nenhuma exceção, e todas, além de mostrarem uma cara de surpresa, estranhando a pergunta, eram unânimes em afirmar que eu estava enganado. É claro que, a essa altura, minhas convicções já mostravam sinais de abalo e comecei a me conformar com a idéia de que eu estivesse enganado. E o pior de tudo é que o fato passara ao domínio público, me obrigando a ouvir ironias de uns e outros.

— Descobriu mais alguns fios brancos? — perguntava meu pai.

Resolvi esquecer o assunto.

Quando fui aprovado nos exames de admissão ao Ginásio do Estado, esse fato suscitou uma grande alegria lá em casa; não era fácil nesses tempos conquistar uma vaga no ginásio. Por isso, o meu feito teve o sabor de uma vitória e mereceu da família uma verdadeira consagração. A notícia se espalhou depressa.

BOM RETIRO 153

Daí a pouco, nossa casa ficou completamente cheia. Os vizinhos vinham chegando, cumprimentando meu pai, que estava eufórico. Mamãe preparou os cálices, pôs a toalha branca na mesa e não parou de trazer bolinhos da cozinha. Eu, que era o herói, naturalmente me regalei com tudo. Mas, a certa altura, por entre o grupo que me rodeava, olhei casualmente para o retrato. Os olhos me miravam alegremente. Tive de novo aquela estranha impressão de que a barba se apresentava mais grisalha. Uma boa quantidade de fios brancos viera se somar aos que eu já supunha conhecer. Aproximei-me.

— Parabéns —, sussurrou-me meu avô.

Passaram-se alguns meses. Tivemos uma pequena reforma, mudamos alguns móveis, mamãe pintou a sala e trocou as cortinas.

Por ocasião da pintura, quebrou-se o vidro do retrato. Papai ficou de levá-lo ao vidraceiro; enquanto isso, mamãe o guardou no armário. Depois, passou-se um bom lapso de tempo sem ouvirmos falar dele. Só fui revê-lo após vários meses, casualmente. Um dia (isso foi por volta dos meses finais da guerra), ao remexer o quartinho de despejo, encontrei-o encostado num canto, meio empoeirado, junto com algumas quinquilharias. Passei um pano no vidro, que ainda continuava quebrado, e aproximei-o da janela para vê-lo melhor na claridade.

Lá estava o meu avô: os óculos sem aro, as rugas na testa, o meio-sorriso no canto dos lábios. Os olhos me mirando com curiosidade. A barba estava completamente branca.

Domingo, 10 de outubro de 1943

Entusiástica recepção ao presidente Getúlio Vargas em Bajé.

Cine Lux — *OS COMANDOS ATACAM DE MADRUGA-DA*, com Paul Muni.
Cine Alhambra — *CAPITULOU SORRINDO*, com Allan Ladd e Veronica Lake.

Sexta-feira, 15 de outubro de 1943

Moscou, 14 (UP) — Anunciado oficialmente que as tropas russas conquistaram a cidade de Loporoze, grande praça-forte no Dnieper.
Moscou, 14 (UP) — Após árdua luta, o Exército soviético tomou de assalto a grande base germânica na região meridional da Rússia. Timochenko à frente das tropas russas na região do Mar Negro. Desmorona a linha de inverno alemã.

Quinta-feira, 20 de outubro de 1943

Londres, 19 (UP) — Uma informação de Bucarest diz que o comandante militar de Roma, a título de represália pelos fracassos militares do *Reich*, impôs aos judeus da Cidade Eterna uma multa de 50 quilos de ouro.

Sábado, 30 de outubro de 1943

Zurique, 29 — A rádio alemã informou hoje: "August Barsch, Prefeito de Gussow, no Sul de Berlim, foi executado por ser ouvinte há muitos anos da BBC de Londres".

— *SEMPRE EM MEU CORAÇÃO*, com Glória Warren e Kay Francis, no Cine Ritz.

33

— O nosso homem está no ponto? — perguntou mamãe a meu pai, que estava lendo o jornal.

Lá do meu canto, levantei as orelhas, porque era de mim que se falava. Faltava pouco para o dia do meu *Bar-Mitzva* e eu me encontrava preocupado, tanto quanto ela.

Afinal de contas, quem iria fazer no templo as *brachot* da *Torá* e o longo discurso com citações do *Talmud* era eu. Também me pesava a idéia de que, com treze anos, conforme me tinham dito, eu completava a maioridade, me tornava um "homem" e assumia uma carga de responsabilidades, para o que, em sã consciência, não me sentia com nenhum preparo. Dava tratos à bola: como é que um "homem" como eu podia, por exemplo, ganhar a vida e sustentar-se, se fosse o caso? Deus me livre se tivesse de ocupar a cadeira do chefe da família, tomar as rédeas da casa e de tudo o mais.

Ter de enfrentar, nesse sábado, os vizinhos, o rabino, os *chachomim* do Bom Retiro, que viriam em peso ao templo só para assistir ao meu *Bar-Mitzva*, isso me deixava bem desassossegado. Não ligar para a piscada de olhos dos garotos, que tudo fariam para rir de mim, eis outro pesadelo, nada fácil de engolir.

Quanto ao meu irmão, felizmente com esse não tive problemas, pois, antes que ele começasse com as suas, eu já lhe dera a entender que queria o máximo respeito, não deixaria passar em nuvens brancas nenhuma brincadeira de mau gosto. Mas, como controlar meus amigos? Como resistir aos seus olhares, cheios de ironia e de gozação?

Papai abaixou o jornal, tirou os óculos e olhou para mim.

— O nosso homem está muito bem.

Mamãe deu um suspiro e voltou para a cozinha, onde andava preparando, com a ajuda de Dona Paulina, os pratos especiais da festa, essa parte a que ela proclamava como "a minha parte".

Ao que me pareceu, o único que não demonstrava nenhuma preocupação com a tempestade que vinha aí era o meu pai. Ele andava sorridente, cantarolava à meia voz, esfregava satisfeito as mãos, e os seus ares eram de um homem feliz que encara o amanhã como uma bênção dos céus e se sente bem neste mundo de Deus. Ia de um quarto para outro, à procura não sei bem do quê; metia-se na cozinha para dar alguns palpites, o que, aliás, não era do seu feitio. Voltava ao seu jornal, interrompia a leitura e gritava para a cozinha:

— Estou às ordens. Não vão precisar de alguma coisa?

O pessoal da cozinha queria paz e sossego, nada mais do que isso, e tempo para trabalhar.

— Que cada um cuide da sua parte — era o que mamãe vivia dizendo. — Eu sei qual é a minha parte, meu Deus.

Com todo esse movimento, imagina-se o meu estado de espírito. Duma hora para outra, eu virava o centro da casa, chamavam-me de "o nosso homem", me davam uma atenção que nunca tive, nem sonhei ter. Queriam saber se eu estava passando bem e como ia a minha voz. Mamãe me trazia pedaços de pão com gordura de galinha. Papai puxava prosa comigo num tom diferente, cheio de brandura, cheio de respeito.

— Ei, o senhor aí! Que tal uma "liçãozinha"? — perguntava-me, cantarolando.

E, pela milésima vez, eu repetia as *brachot* da *Torá*, usando a melodia que ele me ensinara. Depois, repetia o discurso com todas aquelas citações do *Talmud*. Pelos seus olhos, que não escondiam nada, eu sabia que estava indo bem.

— *Koi omar Adoshem*.

— Ó-ti-mo de no-vo — repetia meu pai, no mesmo diapasão, e lá ia eu, outra vez.

Na manhã do sábado, a sinagoga estava cheia. O *talis* de seda, que papai me comprara, cobria-me os ombros e me roçava as faces afogueadas. Fizeram-me sentar ao lado do rabino, esse mesmo que permutava jornais *idish* com meu pai. Do lado do balcão, as mulheres não tiravam os olhos de mim, lá estavam com os seus vestidos de *Shabat*, as cabeças cobertas por xales brancos. Dava para ver mamãe e Dona Paulina rezando pelo mesmo livro.

O *hazan* Avrum, em frente do *Aron-Acodesch*, entoava, com sua voz de "baixo", as dezoito orações.

Tendo chegado a minha vez, encaminhei-me junto com meu pai em direção da grande mesa onde estavam abertos os rolos da *Torá*. E, no devido tempo, em meio ao silêncio que se fizera na pequena sinagoga, comecei a cantar:

— *Koi omar Adoshem*.

Com a voz ecoando por todo o salão, ainda que meio embargada, e com o coração palpitante, eu sentia que estava encerrando nesse momento um ciclo de minha vida.

Ao me virar para o público, que esperava o tradicional discurso, olhei para o meu pai, a poucos passos de mim, e procurei mamãe, no alto do balcão. Depois, abrindo os braços, comecei:

— Meu povo...

GLOSSÁRIO

(A)

ADONAI ELOKEINU — (hebraico) Deus, nosso Deus.
ALTER-HEIM — (*idish*) Literal: velho-lar. Refere-se aos países como Polônia, Rússia, Lituânia, Romênia, etc., onde os judeus viviam.
AMAN — Ministro de Assuero, que figura no Livro de Ester como um homem vil que queria exterminar os judeus.
ARON-ACODESCH — (hebraico) Armário Sagrado onde se guarda a *Torá* (ver *Torá*).

(B)

BAR-MITZVA — (hebraico) Literal: filho do mandamento. Solenidade pela qual passa o menino judeu, aos treze anos, quando ingressa na maioria religiosa.
BRACHOT — (hebraico) Bênçãos.

(C)

CAPELE — Forma diminutiva *idish* da palavra hebraica *quipá*. Pequeno gorro usado para cobrir a cabeça por razões religiosas.

CAPZONIM — (hebraico) Pobretões.
CHACHOMIM — (hebraico) Sábios.
CHATHEN — Agente casamenteiro.
CHAHARIS — (hebraico) Literal: de manhã, estrela matutina. Oração da manhã.
CHEIGUETZ — (idish) Moleque, rapaz gentio.
CHOIHET — (hebraico) Pessoa licenciada pela autoridade rabínica para abater animais para alimentação, de acordo com as leis judaicas.
CLIENTELCHIK — Mascate, vendedor pelo sistema de prestações.

(G)

GOI — Gentio; tratamento dado pelos judeus aos não-judeus.
GOILEM — Literal: corpo informe, embrião, homúnculo, autômato. Gigante de barro, cuja criação era atribuída aos cabalistas. Tem também o sentido pejorativo de bronco, estúpido, imbecil.
GUT IOM-TOV — (idish e hebraico) Cumprimento que se usa entre os judeus, por ocasião dos feriados.

(H)

HANUCA — Festa judaica das Luminárias, comemorando o feito dos macabeus. É celebrada durante oito dias.
HAZAN — Cantor de sinagoga.
HUMESH — (hebraico) Pentateuco, Velho-Testamento.

(I)

IANQUEL — Forma diminuitiva de Jacó.
IDISH — Idioma dos judeus da Europa Oriental, produto do médio e alto alemão do século XVI, escrito em caracteres hebraicos. Incorporou também, em percentagem elevada, vocabulário de origem hebraica e eslava.
IDN — (idish) Judeus.
IOM KIPPUR — É um dos principais feriados judaicos. Nesse dia, o crente observa jejum absoluto, entrega-se à oração, ao exame de consciência e à penitência. Ocorre dez dias após Rosh Haschaná, isto é, ANO NOVO Judaico.
IOM-TOV — (hebraico) Literal: dia bom. Designa o feriado judaico.

BOM RETIRO

(K)

KOI OMAR ADOSHEM — (hebraico) Assim dizia Deus.
KOL-NIDREI — Canto litúrgico de *Iom Kippur*. Prece do início da noite de *Iom Kippur*.

(L)

LEIDIG-GUEIERS — (idish) Andarilhos sem nenhum trabalho. Boas-vidas.
LIEDER — Cantos.

(M)

MAIREV — Oração da noite.
MECHIGASS — Loucura.
MELAMED — (hebraico) Mestre-escola, em geral das primeiras letras.
MENTSCH — (idish) Homem.
MITZVE — Mandamento, dever, boa ação.
MOISCHELE — Forma diminutiva de Moiche (Moisés).
MORÉ — (hebraico) Mestre, professor.

(P)

PARSHE — Capítulo, trecho da Bíblia.
PURIM — Festa judaica celebrando o feito de Ester, que salvou os judeus no reinado de Assuero. Nessa festa, costuma-se preparar *homentashn*, bolos em forma triangular com recheio de sementes de papoula ou ameixas.

(R)

REB — Senhor, modo de tratamento.
REBE — Forma *idish* de *rabi*, rabino.
ROSCH-HASCHANÁ — (hebraico) Literal: cabeça do ano. Ano novo judaico.

(S)

SCHIL — Local das rezas, templo, sinagoga.

SCHMÁ ISRAEL, ADOSCHEM ELOKEINU ADOSCHEM HEHAD — (hebraico) *Ouve, ó Israel, Deus é nosso Deus, Deus é único.*

SUCÁ — (hebraico) Literal: cabana. Designa a cabana onde a família judaica come as refeições, durante a festa dos Tabernáculos (*Sucot*)

SUCOT — (hebraico) Festa dos Tabernáculos.

(T)

TALIS — (Forma *idish* de *Talit*) Xale ritual, de seda ou lã, com franjas na ponta, usado pelos judeus nas cerimônias religiosas.
TALMUD — O mais importante livro dos judeus, após a Bíblia. A coletânea talmúdica constitui verdadeira enciclopédia de legislação, folclore, lendas, disputas teológicas, crenças, doutrinas e tradições judaicas. Divide-se em *Talmud* de Jerusalém e da Babilônia, segundo o lugar em que foi redigido. Subdivide-se em *Mishná* e *Guemara*, cada qual com diversos tratados e ordens.
TALMUD-CHACHOM — (hebraico) Literal: sábio do *Talmud*. Homem ilustrado, conhecedor das Escrituras e leis jurídicas.
TIFILIM — Filactérios. Cubos com inscrições de textos das Escrituras, presos por tiras estreitas de couro e que os judeus devotos costumam enrolar no braço esquerdo e na cabeça, geralmente durante as orações matinais.
TORÁ — Designa ora a Bíblia, ora todo o código cívico-religioso dos judeus, formado pela Bíblia e pelo *Talmud*.

(V)

VURCHT — Espécie de salame.

Impresso na **Prol** editora gráfica ltda.
03043 Rua Martim Burchard, 246
Brás - São Paulo - SP
Fone: (011) 270-4388 (PABX)
com filmes fornecidos pelo Editor.